说走就走的旅行系列

古镇，
深陷温柔的生活

朱云乔 ◎ 著

石油工业出版社

图书在版编目（CIP）数据

古镇，深陷温柔的生活 / 朱云乔著. —北京：石油工业出版社，2018.1
ISBN 978-7-5183-1360-0

Ⅰ.①古… Ⅱ.①朱… Ⅲ.①游记-作品集-中国-当代 Ⅳ.①I267.4

中国版本图书馆CIP数据核字（2016）第150662号

古镇，深陷温柔的生活
朱云乔 著

出版发行：石油工业出版社
　　　　（北京安定门外安华里2区1号　100011）
网　　址：www.petropub.com
编 辑 部：(010) 64523607　图书营销中心：(010) 64523731　64523633
经　　销：全国新华书店
印　　刷：北京中石油彩色印刷有限责任公司

2018年1月第1版　2018年1月第1次印刷
880×1230 毫米　开本：1/32　印张：8.75
字数：235千字

定　价：38.00元
（如发现印装质量问题，我社图书营销中心负责调换）
版权所有，翻印必究

序言 PREFACE

  是从哪一天开始，我们的生活与自然失去了缘分？

  星空不见璀璨，窗前不闻鸟鸣。小桥流水静止于画卷里，"阡陌交通，鸡犬相闻"，已是老人们心中早已泛黄的前尘记忆。

  那些美丽婉转的故事，都流淌在传闻里，我听说有一些地方，保留着历史的气息，像一段遥远虚幻的记忆。

  听说，江南小镇里，常常细雨如烟，它会温柔地滴落在油纸伞面，打湿了青石板。

  听说，徽州常见碧水青山，静默的乡村古宅，将如烟的往事装满。

  听说，湘黔的村寨，充满了神秘的民族色彩，风雨山水，都被染上了风情。

  听说，五岭之南，辉煌奇秀，古老的村落，寂静地讴歌着大海与山川。

  听说，辽阔的漠北，风沙吹过小村的屋檐；遥远的边疆，雪山与绿野，像小村的幕布，展示着不一样的人间冷暖……

  听说，那些原乡古村，悖逆了时光的轨迹，皈依了古老，依然倔强地存在。

i

所以，那一年，我背起行囊，不是游览古迹名川，只为探访遥远的原乡古镇，寻找一段失落的记忆。

　　走过之后，才会明白，原来梦境虚无苍白，现实美过想象，岁月可以静默如诗。于是，我重新定义了故乡。

目录 CONTENTS

第一章　诗意江南·君到姑苏见 人家尽枕河

西塘·烟雨廊桥梦	/ 003
诸葛八卦村·阴阳的美学	/ 009
同里·我在这里等你	/ 016
山塘街·七里昆曲香	/ 025
林坑·山的记忆，水的歌声	/ 033

第二章　岭南古风·季风轻拂面 奇秀山海间

沙湾·沙滩上的三街六市　　　　　　　　　　　　／041

逢简·水乡书韵　　　　　　　　　　　　　　　　／048

桥溪·客家茶香飘　　　　　　　　　　　　　　　／056

三江·鼓楼花桥侗家歌　　　　　　　　　　　　　／063

黄姚·楹联大观 一梦千年　　　　　　　　　　　／070

第三章　湘黔风情·湘江绝北去 遍地满朝晖

凤凰·先秦的凤凰　　　　　　　　　　　　/ 080

里耶·秦简里的传奇　　　　　　　　　　　/ 086

芙蓉镇·吊脚楼的老故事　　　　　　　　　/ 093

张谷英村·三江汇聚 钟灵毓秀　　　　　　 / 100

云山屯·大明梦悠悠　　　　　　　　　　　/ 106

第四章　梦行徽州·一生痴绝处 无梦到徽州

宏村·耕读人家　　　　　　　　　　　　　　　／ 118

桃花潭·触摸诗人的情怀　　　　　　　　　　　／ 125

潜口·静默的古村　　　　　　　　　　　　　　／ 133

南屏·迷宫式的村落　　　　　　　　　　　　　／ 140

景德镇·天青色等烟雨　　　　　　　　　　　　／ 147

第五章　北方门庭·繁华过往间 门楣犹可见

张家湾·大运河第一码头　　　　　　　　　　/ 158

平遥·清朝的"华尔街"　　　　　　　　　　/ 164

张壁村·袖珍古堡　　　　　　　　　　　　　/ 171

碛口·九曲黄河第一镇　　　　　　　　　　　/ 178

皇城相府·沧桑的古城堡　　　　　　　　　　/ 186

第六章　西南往事·风花雪月浓 恍如一梦中

黄龙溪·精雕细刻的岁月　　　　　　　　　／196

罗城·梦回三国　　　　　　　　　　　　　／202

李庄·万里长江第一古镇　　　　　　　　　／208

龚滩·乌江画廊的梦田　　　　　　　　　　／215

龙潭·青石板的光滑记忆　　　　　　　　　／222

第七章 南诏古村·古寨情悠悠 边塞响驼铃

大理·一路向西去大理　　　　　　　　　/ 232

沙溪·茶马古道上的铃声响起　　　　　　/ 238

建水·文献名邦　　　　　　　　　　　　/ 245

石屏·彝家的欢歌　　　　　　　　　　　/ 252

坝美·森林中的世外桃源　　　　　　　　/ 259

后　记

第一章

诗意江南·君到姑苏见 人家尽枕河

西塘·烟雨廊桥梦

年少时,常以为天地宽广,长大后便可以信步游走四方。光阴轮换,青春散场,才发现成熟原来是一堵坚厚的高墙,它抵御风霜,也锁住纯真的渴望。梦想成了远方,诗意的生活变得格外抽象。

直到我走进江南小镇,一场细雨纷扬,青石板上柔软的水光,让一切都是纯澈清亮,在这水墨般的古镇原乡,仿佛一切都归于宁静,回到了最初的模样。

细雨过后,桨声悠扬,潮湿的空气里飘满了江南柔软的味道。这让我在初到之时,便觉有幸,有幸此生没有错过这千年古镇西塘。

作为江南水乡,水是小镇最不可缺少的温柔一笔。这里的河道狭窄而深长,载着小镇光阴里点点滴滴的故事,蜿蜒着流向远方。河的两岸,是石板铺成的小街,青青的石板,承载着小镇的力量。

小街上宅院林立,古旧的砖瓦,宽阔的照壁,铜兽掩心的门环,在静默地诉说着风云往事。仿佛时刻在提醒着路人,这里曾经是商贾云集的丝绸之府,有过无比繁盛辉煌。而水影之下的古宅,却褪去了沧桑,添了浓浓的诗意。成了诗人的情,成了画者的景,成了你我的梦。

我像个孩子一般,怀着一颗渴望的心,在每一个角落里,安静地探访。

我相信，一定会有一段凄迷怅惘的老故事，住在深长的窄巷。我好奇，瓦黛白墙，见识过多少颓败与辉煌。还有那乌篷船是不是只顾着在水中悠荡，早已忘记了历史转身的模样，十分惬意地享受着当下的时光。

船儿悠悠向前，仿佛所有时光被拉得悠长，小镇里的人们以曼柔细致的韵律安然生息，成了这如诗如画的美景里动人的音符。

河岸边，几位银发的老妇，正在岸边浣洗衣裳，闲话家常；一群娃娃嬉笑着互相追逐打闹，笑声消失在巷子深处；一位店铺里卖刺绣的大姐，用吴侬软语热情地为顾客介绍特产；两位老先生坐在树下的圈椅上闭目养神地听着越剧咿咿呀呀地吟唱……这是寻常的百姓生活，像这古镇一样，宁静、自足、温暖。所以，还未到访古迹，这寻常的点点滴滴，已经让我放慢了心绪。

古镇里风景如画，就连看客，也成了画中人。放松了的心境，便少了一份强求，索性放下了手中的旅行指引，让脚步随缘而走，走走巷子，看看厅堂，听老人们说说故事……任由缘分为我安排一场独特的美景。

划船的老人说西塘是"春秋的水，唐宋的镇，明清的建筑，现代的人"。这一条古镇的时间线上，想必有着极其丰富的历史。我虚心求教，老人的脸上绽放出骄傲满足的笑容。

春秋时的西塘，是吴越相交之地，吴国伍子胥为兴水利，通盐运，开凿伍子塘，引胥山，才有了这最初的西塘。时光随着水波一起流淌，朝代更替，就到了盛唐。繁盛的时代，百姓安居乐业，人们沿河建造房屋，依水而居，繁衍生息，越来越多的人喜欢上了这鱼米之乡，到宋时，村落初具规模，开始有了市集，元代又形成了集镇，到明清，这里已经成为商业重镇……

听着老人讲述着西塘风云际会的过往,水光交相辉映中,仿佛那些沧桑的历史又恢复了往日的辉煌。再看西塘,秀美中多了一股不凡的气韵。

随着船家摇船桨起落,我穿行在古镇,认识这两岸年代久远的青砖长廊。小船穿过各式各样古桥,桥洞有圆有方、桥质有石质、有木质,河道纵横交错,将这块土地分割成几块,而众多的桥梁又把水乡连成一体,也连接着千百年的历史记忆。

半日的行程很短,但我知道那轻柔的桨声和淡淡的荷香,将永远在我的记忆里芬芳。

上岸之后,走进了长长短短的弄堂。弄堂像西塘人的性格一样,细腻聪明。听导游说,古镇的弄堂分为街弄、水弄、陪弄三类。在这里,最长的弄堂竟有236米;最短的弄堂,位于馀庆堂的宅弄,全长不过3米。这长长短短曲曲折折中,装满了西塘人家的故事。

听人说,这里最有名的弄堂叫"石皮弄",因为这弄堂的石板薄如皮,石板厚仅3厘米,两壁梯级状山墙,至今保留着古老而又独特的风姿,抬头是一条狭长的天空,更成了西塘里的"一线天"。

穿过弄堂,就走进了长廊,廊棚是西塘的特色,走在黑瓦盖顶的长街,游人不怕日晒雨淋,"雨天不湿鞋,照样走人家"。古镇的长廊林林总总,随处可见,而依水的廊棚在水的映衬下,更显韵致,廊棚挂着大红灯笼,是古镇里明艳的一笔,风一过,悠远的长街,便更生动起来。

在静悄悄的黄昏时刻,漫步在廊棚下,世界装满了自己的心跳声,还有一腔幽幽的回忆情怀。廊棚边的古朴的店铺,一如往昔地静默而

立，陈列着精致的树雕、字画、刺绣……迎你来过，又送你离去。任风雨吹打，时光淘洗，它始终充满着生命力地扮演着自己的角色。

小河渐渐安静了，河面上轻轻荡漾的乌龙船，轻轻的水汽笼罩着古色古香的梦，而这梦一般的烟雨长廊开始真实起来。

烟雨长廊，只听名字，心底就漫起了一种诗意，百年时光已过，两岸的粉墙乌瓦，影子沉在门前的河水中，吹一阵风，湿亮的静影就散墨般淡尽。

"烟雨长廊"的由来，和它的名字一样动人。据说百年前年轻的胡氏，对门前摆摊的王二心生倾慕，于是她煞费苦心请来木匠，借修缮店铺之名，沿河建起了一排廊屋，遮盖店铺前的街路，只为王二能够遮风避雨。而廊棚建好后，胡家铺子生意也红火起来，镇上商家纷纷效仿，便形成了西塘独特的建筑群。一段爱情，成全了一个小镇的特色，我想，这足以算得上是一场美满的缘分。

心中装满了美景，我来到了民居住宿，店主热情亲切地带我参观了庭院古朴的雕花床，镂空的小轩窗，小院子里，有山有水、有亭有树，还有一个可赏月的石桌，这个清雅绝佳的小楼台，便将西塘小桥流水人家的情景尽收眼底。

在这样一个古色古香的宅院里，一件件精雕细刻，巧夺天工的雕刻精华在这里向人们无声的展示，这种独特的工艺品世代流传的艺术气息在这里也是一览无遗，更是对古代充满了无限遐想。

晨起，走出宅院，触目皆是生动的水乡图。行走在温暖的街巷中，四周全是鲜活的阳光。高高的牌楼，古色古香的商铺，各色行人来来往往，一切如昨，安然生息……这陌生的地方，就这样像故乡一样，熨帖着我生命的褶皱，让一切归复安宁。

诸葛八卦村·阴阳的美学

一直以为，黑瓦白墙的江南，一切都是柔美的模样。吴侬软语依然在耳畔低述，不知不觉，眼前的景象却换了另一般模样。

诸葛八卦村，已经完全超出了我对江南的想象。没有温柔旖旎的小桥人家，没有一叶扁舟毫无目的地飘荡。这里是一处智慧的凝结，守住了一份千年的秘密，不愿轻易向人倾吐，只等你来慢慢发掘。

每一座城都有一段故事，仿佛一架老去的留声机，只有身处其中的人，才有幸听得到它在低吟浅唱中娓娓道来，无须端起相机，就能将一幅幅水墨画卷在记忆中定格。

这里可以带你穿越回千年之前，身处狭窄的巷弄口，仿佛从巷弄的深处，一位身着罗衣的江南女子正徐徐走来，你听不到她身上的环佩叮咚，因为这里的一切，都呈现出一派素雅的模样。

人们一味追寻江南的繁华，却忘记了在红尘俗世中，还有如此静谧的一处所在。这里的人们，仿佛生来就是为了避世而居，喧闹的江南，没有让这里沾染上一丝斑斓的杂色，一片黑与白，用最简单的色调，向世人讲述着阴阳协调的美学。

如果没有水，则不能称之为江南。然而小村中的水，被古人刻意塑造出了奇特的形状。整个小村的地形，仿佛一口锅底，从四面向中心，形成了完美的弧度，四方来水，在"锅底"汇聚，便形成了一口池塘。虽不是活水，却常年不绝。

钟池是小村的核心，半边为水，半边为陆，宛如八卦中的太极，一阴一阳，万物生长。这里就像江南母亲孕育出的一个特立独行的孩子，偏要在一派柔情中，点缀出一抹硬朗。

很少有哪个村落，像这里一样带着目的而建。凝聚着诸葛亮一生智慧的九宫八卦阵，成了小村建设的"初稿"。也许，村落中最初的居民，正因为不愿遭受外界的打扰，才刻意营造出一派错综复杂的景象。

我站在一条巷弄的入口，心思笃定地想要从这里进入，再寻找到一个出口。仿佛置身于一座迷宫，无论走到何处，都能收获一份意外的心情。然而，古人的智慧不容小觑，看似笔直的一条条小巷，走入深处之

第一章 诗意江南·君到姑苏见 人家尽枕河

后,却渐渐曲折,看似通透,却不得不在某一个转角迷失。

只有在小村中居住的人,才能泰然自若地任意行走。从古到今,外人无法轻易进入,里面的人却可以自由走出。这里的居民很容易就可以找到通往村外的路,这是祖先在他们血液中埋下的根基,他们为这里而生,却不会被这里所困。

按照八卦阵排列的建筑,仿佛在延续着一代智者未完成的梦。村中的居民大多复姓诸葛,每个人都为自己是诸葛亮的后裔而感到深深地骄傲。

元代中期,诸葛亮的第二十七世孙诸葛大狮,发现了这里的独特地形。这里原本是一户王姓人家的领地,诸葛大狮不惜重金从王姓人家手中购得,再以先祖诸葛亮的九宫八卦阵为布局,营造出这样一处村落。之后举家从兰溪搬到村中居住。

从蜀地到江南,相隔千里,却无法阻挡一个姓氏的兴盛。诸葛大狮这一脉的诸葛族人,秉承着诸葛亮"不为良相,便为良医"的教导,精心经营中医药业,只造良药,医病救人,既可积累财富,又能造福一方。

徜徉在古色古香的建筑群落之中,丝毫看不出千年风霜在这里留下一丝沧桑的痕迹。大多数民居的白粉墙上,有着苏式青灰磨砖的雕花门楼,似乎只有家家户户的披檐木门,才配得上如此古朴的景致。

只有那些身着现代服饰的居民,才能将我一下子从幻想拉回现实。他们的脸上大多洋溢着淳朴的微笑,这座为了抵御外敌而修建的小村,也向世人敞开了热情的怀抱。

古老的民居在曲折的巷弄间星罗棋布,一间敞开的院落内,一位白发老者在院中的书案上挥毫泼墨,引得我不由得停下脚步,驻足观望。

第一章 诗意江南·君到姑苏见 人家尽枕河

　　我甚至不敢按下相机的快门，担心哪怕一点点的声响，都会打扰了老者的雅兴。也许是看出了我的痴迷，老者示意我进来参观。原来传说的小村居民热情好客确实不虚，我如同受宠若惊一般，赶忙抬步走进了那扇被铁皮包裹着的木门。

　　院中的雅致让我为之啧啧惊叹，花园、假山、曲径回廊，映衬着老者亲手种下的红花绿草，这哪里是一户乡村人家，分明是《红楼梦》中才会出现的场景与韵味。

　　中国人的遗憾，总是在于亲手毁掉了一处处祖先留下来的古迹，只有在这里，才能亲手触摸到一座座百年之前就已经存在的宅院。老者的神色中带着骄傲，他告诉我，他的家正是一座百年老宅，这是老祖宗留下来的财富。没有人去考虑它可以换来多少金钱，只有住在这里，才有家的味道。

　　我虚心地俯向案边，赫然发现，老者苍劲的书法，正在撰写诸葛亮的"诫子书"。原来，诸葛族人从未忘记祖先的训导，一字一句早已透过纸张，镌刻在心底。

　　站在院落中望向院外，无一例外地只能看到黑瓦白墙。这是村中居民独一无二的生活方式，狭窄的巷弄中，没有任何两户人家的大门是相对而开。这里的居民将这种居住方式称作"门不当，户不对"，这是诸葛后裔的大智慧，用最简单的方式，避免了邻里之间相对而居的纷扰。

　　一个简单的构思，让邻里之间的矛盾在小村中绝迹，可想而知，当初设计建筑的人，是花费了怎样的苦心。

　　老者告诉我，整个村落的布局，就是为了抵御外人的入侵而建。因此，村中居民的团结，便尤为重要。诸葛后裔虽崇尚和平，却已习惯了做到有备无患。只要有外敌入侵，整个小村便能做到一呼百应，全村居民将从四面八方包抄而来,将外敌包围在中央。

老者笑称,村中的百姓虽然世代都做好了防御的准备,然而这里独特的地形,却让外敌无法轻易发现小村的所在。即便日军在战时袭击了中国的大部分土地,小村却偏偏从他们的眼皮底下幸免。村中唯一的"壮举",就是抓获了不明就里轻易闯入的小贼,因为巷弄太过纷杂,竟然因为迷路而不得不举手投降。

老者脸上的每道皱纹,在讲述此事时,都洋溢着笑意。这里慢节奏的生活,让每个居住在这里的人,都是那么容易满足。

似乎肩上的背包,都因为一段段往事的填充,而变得无比充实。老者继续指点,来到小村,一定要到大公堂去看一看,那里祭祀着他们的祖先诸葛亮,也是江南地区唯一仅存的诸葛亮纪念堂。

如果不是老者的指点,我险些错过如此重要的一个去处。只怪自己在错综复杂的巷弄中迷失了来路,还是老者满面笑意地带领我穿过曲廊,才终于豁然开朗,回到原点。

诸葛亮的一段段经典佳话,就绘制在大公堂内的墙壁上,他羽扇纶巾的儒雅模样,已经在脑海中演绎了千万遍,如今见到他的画像,更加觉得他就栩栩如生地活在人们的记忆中,从未远离这个世界。

走出大公堂,行走在小村的古商业街,那是村中通往外界的一条通道。百年之前,绍兴人在此经营当铺、义乌人在此制作糖果糕点、东阳人在此打铁补锅、诸葛后裔在此贩卖中药……闭上眼睛仔细体会,耳畔仿佛依稀传来铁锤捶打在金属上的叮当声,烧红的铁块在冰水中,伴随着"刺啦"一声瞬间凝固,如同江南小调一般的叫卖声络绎不绝,鼻尖涌来阵阵中药的香气……

完美的想象让我不禁睁开双眼,眼前的景象与想象几乎完美地融

第一章　诗意江南·君到姑苏见 人家尽枕河

合,这里没有现代建筑的入侵,沿街连片的水阁楼就修建在靠岸的水面上。木桩、木梁、木地板、木门,最古老的结构却修建出最稳固的建筑,两三进的大院落中,隐藏着一个个古老的作坊。

古董店与字画店还保留着当初的模样,苏州刺绣、龙泉宝剑、永康锡器,让居住在这里的人为之自豪称道。

没有现代元素的污染,整座小村就如同隐于世间的隐者,兀自清静与鲜活。灵魂中的一切不安,在这里都能重新归于宁静。也许,这就是江南小村的魅力。

简朴的小村,似乎在笑看人间的辉煌。大千世界,有多少人在繁华过后,才能如梦初醒,意识到一丝清静带来的无尽释然。

同里·我在这里等你

江南水乡的宁静,成为多少人梦中的世外桃源。这里是清代词人纳兰性德口中的"江南好",是他心心念念的灵魂所在。我们无法像纳兰一样,在自家的宅院中修建一座渌水亭,复制一片"江南",只能背上背包,踏上这片山水,找一个安静的角落,静静地等,等一个人,等一段情。

与其说是来到一座江南小镇,不如说是登上了一座江南小岛。五条湖泊将同里完美地包裹在中央,四面环水的小镇,如同在水中镶嵌了一颗翠绿的明珠,还未进入,一种隔绝于尘世的古朴之感,就已油然而生。

踏上同里的青石板,另一种江南水乡的气息扑面而来,一种迷人的韵律,被这座古镇完好地收藏。同里的美,并非摄人心魄,而是沁人心脾。它不会让你第一眼就为之惊叹,却会在游走之后,为自己没有错过这里而感到庆幸。

初闻同里,很难想到这样一个名字与江南小镇相匹配,后来才得知,最初的同里,叫作"富土",到了唐代,因觉得这个名字俗气,改成了"铜里"。到了宋代,又将"富土"两个字上下叠加,去掉一点,改称"同里"。

第一章 诗意江南·君到姑苏见 人家尽枕河

人们喜欢将同里与水城威尼斯相媲美,直到看到"家家临水,户户通舟"的景象,才终于印证,这里无愧于"东方小威尼斯"的美誉。

来到江南,就是为了告别人群的熙攘,体会一方宁静。因为同里已经成为文物保护一级的古镇,因此,景点与民区就被做出了绝对的区隔。

一直为城市中的喧哗所困,进入同里的一瞬,一直禁锢在心中的枷锁仿佛瞬间卸下。这里平和的空气似乎从千年之前就开始汇聚,历尽朝代更迭,从未消散。

细长的巷弄,为同里增添了一曲浪漫的音符。有些巷弄横亘在南北两岸,背水而进,迎水而出,无须张开双臂,就能同时抚摸到巷弄两侧的砖墙。墙上的每一个纹路,都是岁月的无声的记载,侧耳倾听,似乎可以听它讲解一段繁华的盛唐。

狭窄的小巷，只能供一人行走，当地人喜欢将它称为"一人弄"，试想一对风华正茂的男女，从巷弄的两头进入，由古到今，这里会发生多少浪漫的邂逅。

来到同里，就无须刻意安排行程，要的就是那份随意漫游的惬意。在巷弄里密布的人家，从未因出行感到过困扰，穿过弄堂，即可走上河桥，或是横穿圩头，直接从河的一岸走向另一岸。

蜿蜒的小巷，更体现出江南的安逸与随性。同里人从不强求将每条小巷修建出笔直的姿态，曲巷通幽，更让人感受到江南人绵柔的个性。

行走在小巷中，脚下发出的"哐哐"声响，让我不由得停下脚步，寻找声响的来源。地面上铺就的石条，竟然是空心制成，当初的修建者故意采用不规则的形状铺排，每两块石条中间，留下或大或小的空隙，当行人走在上面，仿佛踏出了同里专属的音符，空灵的声响，演奏出千年之前就已谱写好的乐章。

同里的巷弄与桥，仿佛一对天生的伴侣，从巷弄中走出的人，无一例外地被横跨河上的石桥接纳。小镇中的人历经世代繁衍，河上的石桥也绵延出"子嗣"。长庆桥、太平桥、吉利桥是同里最著名的三座石桥，由明代到现代，跨于三河交汇，形成了"品"字形的独特景观。

撑一把纸伞驻足桥上，看桥下波光潋滟，岸边古树迎风摇曳，水面上或是精雕细琢或是粗糙捆绑而成的小舟不时漂浮而过，船上摇橹的船夫，摇出吱吱嘎嘎的桨声，一摇就是一生。

"三桥"承载了同里人一生的美好渴望，从满月，到结婚，再到六十大寿，一定要到"三桥"兜上一圈，一面走，口中一面念念有词："走过太平桥，一年四季身体好；走过吉利桥，生意兴隆步步高；走过长庆桥，青春长驻永不老。"

由古到今,"三桥"每日观赏着小舟在波心桨声中荡漾,记录着同里的历史和变迁。碧水倒映古桥,绿树藏着娇影,让我忍不住想要到桥下体验一次水上泛舟之乐。

摇橹的老者无比善谈,一路上,用带着节奏感的江南口音,讲解着同里几十年来的变迁。二十分钟的短暂行程,却从他的口中了解到了同里的千年之前。

如果不到退思园,则不能称到过同里。这里的园主人任兰生是一位从朝中隐退的官员,被弹劾落职之后,来到同里所建。之所以取名"退思",是因为摘自《左传》中"进思尽忠,退思补过"之意。曾经的园主在用"退思"二字向世人宣称自己的退隐之心。

然而,细看之间,才发现匾额上的"退"字少了一个点,这并非失误,而是有意为之。虽然园主已经隐退,却仍不退心,数年之后,终将重返仕途。

既是隐居,就意味着低调。园主在建园时,并未考虑园林的气势,却处处体现出诗意与神韵,在清淡与朴素中,显露出典雅。

身处园林之中,每一转眼,即能收获一道完美的景致。人工修建的园林中,却蕴含着太多的自然,无须装饰与点缀,那份古朴与纯真,足以值得世人为之动容。

园林凝聚了苏州江南的精华,与苏州的大多园林相比,退思园显得极其精巧。因为同里独特的地势,园中的建筑大多贴水而建,亭台楼阁、廊坊桥榭,处处彰显出布局的巧妙。如果将园林比作江南女子,退思园则是江南的小家碧玉,在同里这片水地,勾勒出一幅淡淡的江南水墨。

红色的画舫在水面上画出美好的波浪,在一派静谧之景中,点缀

古镇 · 深陷温柔的生活

　　一抹动态的美好。一花一草、一瓦一石，都是江南人天性中对生活的热爱，石子的摆放黑白有别，雨水渗透入石缝，滋养出蓬勃的小草，所谓生活情趣，想必就是这种景象。

　　这样一处退思之地，的确可以让人远离功名利禄和尘世的喧嚣，当人生中无须为俗世焦躁，只剩下看景、聊天、喝茶，安逸也就随之而来。

　　我闭上眼睛，听着风吹耳畔，园林中的枝叶沙沙作响，闭上眼睛，想象自己就是古时的一位闺秀，在院中静静踱步，阳光洒在静静的水面，周身温暖，看墙上爬满爬山虎，耳边仿佛传来小丫鬟们银铃般的嬉笑声。

　　大家闺秀与翩翩书生之间的爱情故事，让同里的景致变得鲜活。珍珠塔，就是这样一处浪漫的所在。

第一章 诗意江南·君到姑苏见 人家尽枕河

所谓珍珠塔,其实并不是塔,而是一处官宦人家的住宅。门口正中的匾额上,"清朝侍御"四个大字,彰显着主人显赫的身份。走进珍珠塔的亭台楼榭,就仿佛走进了一曲温润悦耳的苏州评弹,在这里,可以体会江南女子翠娥对书生方卿那份柔情与爱恋。

相传,书生方卿的家族世代为官,却因一次弹劾,满门抄封流贬。落魄的方卿不远千里投奔姑母,可势力的姑母不仅毫无怜悯,反而冷言讥讽:如果方卿能够做得高官,就愿头顶香盘,跪地相迎。

羞愤难当的方卿,遇到了善良的表姐翠娥。翠娥假借着为方卿赠送点心的机会,将传世之宝珍珠塔藏于食盒之中相赠,姑爹也愿意将女儿许配给方卿。可惜,方卿在赶考路上遭遇歹徒,珍珠塔被劫。得知方卿遇险,翠娥一病不起。还是父亲伪造了方卿的书信来抚慰女儿。三年之后,方卿果然高中状元,与翠娥喜结连理。姑母终于自食其果,顶着香盘跪地迎接。

023

我依然在唯美的爱情故事中徜徉，每走几步，便能看到一间茶馆。水是同里的命脉，正因为水的衬托，才让小镇如此清新脱俗。也许正因为水的包裹，同里人对水有着无比亲切的感情，饮茶，便是这份热爱最好的表达方式。

为了取水方便，同里的茶楼大多临水而建。站在同里最出名的南园茶社门口，看着古老的砖墙，清代的木雕大门，仿佛鼻尖闻到的阵阵茶香，也源自百年之前。坐在临窗的茶座上，向远处的水面眺望，一艘艘小船往来穿梭，在一片静谧的小镇中点缀出唯一的一抹繁忙。

从清晨开始，同里的茶社就已经门庭若市，每当渔船靠岸，老虎灶中热气腾腾的茶水就已经煮好，茶客们相约在茶楼相聚，喝茶、聊天、抽水烟、吃点心，可谓"两头茶水，当中湖水"。雅兴来时，再听上几段江南小曲，此刻的人生，堪称圆满。

走出茶社，踏上同里的老街，建于明清年间的街道，密布着高墙深院的住宅，让整条老街显得更加古朴而神秘。夜色降临，古色古香的店铺门口，亮起了阵阵霓虹。这丝毫无损于老街的古老韵味，反而镶上了一道绚烂的金边。

行走在同里，独步清幽，情景交融的山与水，人与街，都让人忘情。走进这片清幽之中，整颗心都浸透在清新与安谧之中，同里的水涤荡了生活中的烦扰，所有心结在此解脱。同里就像一位多情的姑娘。

山塘街·七里昆曲香

很久以来，一直忘了自己曾经怀揣一颗淡泊之心，渴望来去随意，爱恨随缘。可人生之路偏偏曲折，无论聚散离合，都在心底刻下一抹沧桑。

人们都说，烦躁的城市再也找不到一处静谧的地方，可七里山塘却隐藏在城市的一隅，从城市中跳脱。一条长街，走出历史的足迹，不疾不徐，将前世今生的往事一揽入怀，感受出生命的厚重，勾起人无数的回想。

初到山塘，听到一曲江南民歌："上有天堂，下有苏杭。杭州有西湖，苏州有山塘。两处好地方，无限好风光。"

山塘就横卧在古城苏州的西北部，虽隶属于古城，却从未被古城掩盖住风采，反而以独特的韵味，换来了"神州第一古街"的美名。

整个中华都因江南的繁盛而自豪，经历过一段盛唐，山塘更是凝聚了千百年来的精粹，处处流露出盛唐遗风。

才子与唐诗，成为唐代的专属符号，而山塘，则是唐代才子智慧的结晶。唐代大诗人白居易任苏州刺史时，为了便利苏州水陆交通，开凿出山塘河，河的北侧又修建一街，称为山塘街。河与街相接，共长七里，也就成了"七里山塘"。

古镇·深陷温柔的生活

山塘河的河水，已静静流淌了千年，在河中乘船观景，是这条千年河水给世人最好的馈赠。我站在码头的入口，还未登船，却转身看到了古戏台静静矗立在不远处，千百年前，戏台上的人一次又一次地演绎着别人的故事，如今，演戏的人也成了人们口中的传说。我不禁感叹，每个人的人生，在别人眼中不过就是一段故事，胜负成败，不过是只有自己才会在意的事情。

古时的画舫虽然已不再容易找到，带着现代标志的小船却丝毫不会消减泛舟赏景的韵味。从一个个临河而建的人家经过，无一例外的粉墙瓦黛，刻录了一段段不为人知的历史。所有的愁绪与烦恼随同山塘河水漂远。

一条蜿蜒的河水，涤荡了心头的尘埃。开船的船家介绍，如果到了夜晚，山塘河的两岸将呈现另一幅动人的景象。每到夜晚，河边的宅院将挂出红色的灯笼,烛火倒映在水中,随同水波一同荡漾。一同荡漾出的,是两岸居民的苏魂吴韵,醉了人,销了魂,忘却今夕是何年。

我暗暗下定决心,一定要在这里流连到天色将晚,华灯初上。如果不能将红灯与河水相得益彰的画面刻录于脑海,也许会为此行留下极大的遗憾。

水陆并行,河街相邻,似乎处处都在印证着"无水不成江南","红尘中一二等富贵风流之地"阊门,与山塘东侧相连;"吴中第一名胜"虎丘,与山塘西侧相接。优越的水陆交通,造就了山塘的繁华。街面上林立的店铺,无声地证明着山塘从不孤寂。

坐在船中缓缓前行,岸边时而有当地居民自在信步,时而有老者在舒展筋骨。人们的脸上看不出浮躁,只有自得其乐的悠然与愉悦。山塘人家的住所让人羡慕,家家户户前街后河,面朝繁华,背靠幽静,进退

第一章 诗意江南·君到姑苏见 人家尽枕河

自如,随心所欲,这才是生活。

悠悠的小船搭载着我的心飘荡回千年之前,水乡的柔美让人无法抗拒,一切的景致美好而又熟悉,仿佛千年之前就曾与山塘邂逅,只是随着岁月的轮回,注定了今生重新踏足。

有水的地方必然有桥,流水时刻更迭,小桥却千古不变。你不可能在今天踏入昨天的河水,却可以登上千年之前的石桥。从古到今,山塘人一次又一次地跨过古桥,或与对岸的恋人相会,或奔赴一段大好的前程……

仅是山塘河面,就横跨着七座古桥,我不禁为数量之多而惊叹。船家笑我少见多怪,竖贯堤上的古桥更多,两岸各有八座。似乎再没有哪一个地方,能像山塘这样将古桥文化发扬到极致,一艘艘小船在桥下往来穿梭,岸上茶楼酒肆林立,正应了那句诗词:"桥外酒帘轻扬处,画船箫鼓正酣声。"

山塘的二十几座石桥中,只有通贵桥获得了世人最多的宠爱。一部电影《梅花巾》,为通贵桥引来了整个世界的目光,电影《红粉》中的通贵桥,在画面中定格,更定格在人们记忆深处。千年之前的爱情羁绊,仿佛随着深远的镜头映入眼帘。

从桥下远远望去,即可清晰地看到它如同弯月般的形状,一孔桥洞拱出水面,再被水面映照,仿佛一轮规矩的圆,被水面齐整地隔开,巧夺天工的古风古韵,笑看那些所谓的现代简约与浮夸。

踏上桥面的青砖,馥郁芬芳的古韵甚嚣尘上。凭着石栏仰望,古人曾看到桥上出现过五色彩云,一度称其为瑞云桥。一抹祥云,让这座桥在人们心中拥有着举足轻重的分量。经历过崇祯年间、乾隆年间、光绪年间的三次休整,石桥才变成了如今的模样。

古镇·深陷温柔的生活

沿石桥走向街岸,途经一段凌空架起的石条,石条的一半砌在岸里,一半露在外面,参差不齐,高低错落,丝毫不显笨拙,反而更添别致。

站在岸边瞭望整个苏州水乡,任意一眼,都是画中才会出现的美景。来到古城古街,追求的便是那份古朴的原汁原味,这里的一屋一舍、一人一物,都是画中必不可少的点缀。

恋上一座城,不是因为恋上城中的人,就是恋上城中的一段过往。每座古城都有着一些传说,或圆满,或凄美,或雄壮,或素雅。山塘的传说,涵盖了一代帝王的雄心,也涵盖了一代英雄的落寞。

相传,朱元璋建立大明朝之前,苏州是张士诚的天下。他在苏州兴修水利,免除苛捐杂税,发展纺织业和手工业,在苏州的百姓心中树立起极高的威望。当朱元璋打下苏州城时,张士诚战败自杀,可他的名字

第一章 诗意江南·君到姑苏见 人家尽枕河

始终牢记在百姓心中,并口口相传,久久无人遗忘。

为了消灭张士诚的余威,朱元璋派刘伯温到苏州视察。当刘伯温来到山塘河,发现其形状似一条卧龙,正欲挣脱束缚,一飞冲天。于是,刘伯温便使用法术,在山塘街上设置了七座石狸猫。传说这七座石狸猫有千斤巨锁之功能,能够永久地锁住龙身,保大明江山万世长存。

然而大明江山终于在历史车轮的碾压下灰飞烟灭,七座石狸猫却依然执着地驻守在七座石桥畔:山塘桥畔为美仁狸,通贵桥畔为通贵狸,星桥畔为文星狸,彩云桥畔为彩云狸,普济桥畔为白公狸,望山桥畔为海涌狸,西山庙桥畔为分水狸。

七座石狸猫的样貌,完全超出了我的想象。本以为可以镇守巨龙的狸猫,一定有着凶恶的面貌,然而其呆萌的表情,可爱程度丝毫不输于任何一个卡通形象。它们为古朴的老街点缀出一丝诙谐,如果说

古镇·深陷温柔的生活

全长三百多米的古街是七里山塘的精华,那七座石狸猫,则是精华中的经典。

古时山塘的繁盛,全部凝聚在仅有三百多米长的老街中。有人将山塘街称为"老苏州的缩影、吴文化的窗口"。街旁林立的店铺会馆、古董茶庄,无不带着吴地特有的风韵。

老街的一头挑着过去,一头牵着未来。一座通贵桥,将古老与现代完美地区隔,传统的商铺茶馆在左,现代的酒吧西餐厅在右,一半儒雅,一半喧嚣,谁说"鱼和熊掌不可兼得",身处山塘,古老的曲调应和着现代的节奏,却偏偏觉得一切都是如此和谐。

寻胜御碑亭中,刻有"山塘寻胜"四个大字的石碑依然保存完好。那是乾隆皇帝的亲笔,就连帝王也无法遗忘山塘这条风雅静谧的水街,在盎然的古韵中流连之后,回到颐和园中,仿照七里山塘的模样修建了苏州街。

然而,如果身处京城,走在仿制的街道之上,一定无法身临其境地感受江南淡雅的韵味,没有了小桥流水,炊烟袅袅,再完美的景观也因缺少了灵魂而黯然失色。

我遵从着自己悄悄许下的诺言,果然一路从天明走到黄昏,夜色将近,碧绿的湖水被岸边点亮的红灯映上了一抹娇羞,并不喧闹的老街,一下子变得更加恬静,一个个古老的建筑,仿佛变成了一个个迷离的幻影,美得那样不真实。

这段江南水乡之旅,注定要在未来勾起我无数次的回想,一幅幅饱含着诗意的画卷,也终将在记忆的楼阁中被永久地珍藏。

林坑·山的记忆，水的歌声

　　在远方，有一个我惦念已久的梦，深陷在我的心坎，一次又一次地勾起我的向往之情。身处阡陌红尘中，太多欲罢不能的情愁阻止了潇洒前行的脚步，直到下定决心，如清风般不再受任何羁绊，那个到如今依然钟情的梦，才终于为我打开。

　　那个梦中，有一颗隐藏于深山中的璀璨明珠，那里是一片未经开发过的原始村落，从七百年以前，人们就将那里叫作林坑。

　　这里有别于任何一个人对江南古村的定义，并非坐拥水景，而是被群山环抱。一个个民居依山而建，按照山的走势排列出错落的层次。刚刚走到村口，一种古老而淳朴的气息扑面而来，这里谈不上姹紫嫣红，但绝对称得上山清水秀。

　　如果说陶渊明笔下的桃花源真的存在，那么林坑古村一定可以与之相媲美。古代的文人墨客和现代的文明不约而同地忽略了这个隐藏在深山中的古老村落，却正因为不易被发现，才让村中最原始的美得以完好的保存。

　　村中的水流静静流淌，带着往事，流向未知，将那些厚重与斑驳的故事，搁浅在岸边，最终也搁浅在人们的记忆里，供后人一次又一次地回味与感动。

一条山溪就在古村的村口处徘徊，沿着山溪溯源而上，溪流的尽头就是林坑的所在。一块巨石上，镌刻着"林坑"二字，矗立在溪边的广场上，证明着我终于找对了地方。

抬眼看去，只有满目的青山与绿树，如果不是石碑就在身旁，险些忘了自己身处何地。再次凝神，才看清在绿树的环抱中，一个小村毫不张扬地立于前方，整个村落，仿佛真的置身于一座坑中。一座座玲珑剔透的木质民居，被青山绿树完美地掩护起来，顺着山势而建，房屋的上面还是房屋，虽没有任何秩序，却淳朴自然。

民居上的黑瓦，为整个古村的画卷添写了凝重的一笔。因为常年在水气中浸润，这里的黑瓦便黑得出奇。

平整的青石板路是古时候繁华的象征。作为一个被历史忽略的古村，林坑的路多为石块铺就，石块参差不齐，大小不一，无须刻意雕琢，就地取材，因地制宜，这就是古人从与自然的抗衡中学到的智慧。

第一章 诗意江南·君到姑苏见 人家尽枕河

想要进村,只能沿着溪边的山路缓缓前行,几丛嫩绿的小草从道路的缝隙中探出头,所谓"苔痕上阶绿,草色入帘青",想必正是如此。在这样一幅原始的山水画卷中徜徉,试问有谁能够不陶醉?

一条小溪偏要为宁静的古村点缀出一丝欢腾,横亘在古村中央,穿行而过。当地人将这条小溪称作"黄山溪"。

本应完整的一座古村,被溪水分隔成了两岸,想要到达对岸,就必须通过横跨小溪的两座石桥。一颗久久不能平复的心,终于在漫步石桥之上时,沉醉于眼前这片如同油画般的景致中。

两座木质廊桥,分布在林坑村的村头和村尾。这两座保存完好的木质廊桥,成了值得国人为之骄傲的"化石"。从宋代时起,木质廊桥就已经在整个中国大地销声匿迹,而这样一处山清水秀的所在,却保存了如此稀有的两座建筑,让人不禁为那些"开发者"的疏忽而感到庆幸。

古村的画卷定格住了我内心深处的悸动,看着满目苍山,溪水涌

动,仿佛感受出岁月的变迁在这里慢下了脚步,一切还是七百年之前的样子,这绚丽的风景让时间也为之沉醉,被青山绿水点缀的古村,永远地被时间定格在最美的样子。

小桥、流水、人家,构成了一幅充满着诗意的图画,家家户户被青山掩映,绿树环绕,白云混合着袅袅炊烟,让林坑古村如同仙境般不染纤尘。我双手合十,感谢上天将林坑置于一处如此交通闭塞的所在,正因如此,才让它的野趣与优美得到了最原始的保存。

岁月的痕迹不断被辛酸和难过涂鸦,让人忘记了欢乐与感动。古村中那些欢乐的童颜,却可以让心灵在瞬间得到放松。三五成群的小伙伴在弯曲的村路中奔跑,带着天真与懵懂,奔跑在成长的世界里,似乎从不担心会对未来产生迷茫。

大自然用七百年的轮回,造就出林坑景观的美妙。如今的林坑,与

七百年前的景象毫无二致。沿着古旧的台阶拾阶而上，仿佛踏上了一条时光隧道，每一步都是对在林坑繁衍生息的祖先的回溯。

虽然身处林坑，可村中的居民大多姓毛，这足矣让我产生疑问。年轻一些的村民已经完全不知道其中的原委，经过再三询问，终于有一位村中的老者向我讲述了那段几百年前的故事：

相传，林姓人家一度在村口的水坑边居住，因此将这里取名为"林坑"。到了元末明初，为了躲避战乱，一支毛姓氏族从江西吉安逃难至此。明代洪武年间，喜欢狩猎的毛继原因为追逐一头花麋鹿来到此处，却在深山密林中迷了路。

当第二天天明，毛继原被林坑的美景深深折服，这里不仅水草繁茂，并且气候宜人。他当下便决定，要将家安在这里。于是，历经四十五代繁衍，毛姓便成了林坑的大姓。

古村不大，半日的行程足矣。我的足迹在林坑的上下往返，不愿错过任何一处美景，就连当地人都对林坑的景色啧啧称道，初来乍到的我，更是流连于林坑的美景中，沉醉不知归路。

在当地人的指点下，我沿着石路向高处走去。村民告诉我，从高处俯瞰，会有意想不到的收获。

漫步在林荫环抱的林坑，口中吟诵着那些歌颂山水的诗词，想要寻找到一片与诗词中的影像重合的美景。沿途皆是古老的房屋，据村中的老人所说，最老的一处房屋已经矗立了二百多年。我惊叹于时间并未摧残房屋的容貌，反而更显历史的沧桑。

恬静的古村从不因外界的打扰而显得娇羞。古村、古宅、古桥，既默契而又相得益彰，欣然地接受着游人崇敬的目光。

越深入古村，越为大自然的鬼斧神工而惊叹。随着脚步不断向上攀

登,潺潺的碧水开始在脚下缓缓流淌,一处处溪瀑环环相扣,一片片竹海将林坑装扮出苍茫的模样。难怪人们说,林坑是淹没于深山中的璞玉,在这里,似乎随意抬手,便能触碰到千年历史在岁月中留下的记号。

不远处的山溪与小瀑布的交汇处,一位古村中的女子正在淘洗碧绿的青菜。我在想象中为她穿上了一袭古时的衣裙,头上一顶青色的头巾,溪边的流水打湿了她朴素的裙角。这是古村居民的日常生活,却也活得如同画卷般美好。

世世代代的林坑人在溪水和山泉的哺育下,活出了自在的模样。林坑的人,因林坑的水而变得灵秀鲜活。虽不是夜晚,眼前却呈现出一派静谧,偶尔传来鸟儿的啁啾,仿佛在吟唱一首婉转动人的夜曲。多想伴着鸟儿的鸣叫酣然入梦,也许当一觉醒来,已回到七百年前,世俗的一切纷扰,都变得不值一提。

终于走上村民指点的"高处",我向下俯瞰,一不小心就收获了一片"仙境"。一大片湖水如同镜面一般平静地在脚下铺陈,仿佛就连微风也无法在湖面上吹出一丝涟漪,它就那样坚守着湖水少有的淡定,只有远处漂来的竹筏,才能在湖面上划出一道并不明显的水痕。

竹筏上,一人撑篙而立,笔直的背影不带有丝毫尘世的烟火,如同从仙境中飘来,再飘回仙境中去。

夕阳在平静的水面上洒下点点余晖,竹筏上的身影也仿佛镀上了一层金色的光环。远处月亮的幻影,在无声地提醒我该离去。至今也无法形容那是怎样的一种不舍,我的到来没有让林坑受到丝毫的影响,可林坑,却在无形中拨弄了我的生活轨迹。那是一条通往安宁而又简单的人生旅途,此后的人生里,林坑的古意将时刻绵延在脑海与心头,稍一回想,便收获一派幽深。

第二章

岭南古风·季风轻拂面 奇秀山海间

沙湾·沙滩上的三街六市

时光轮回，四季更替，曾经以为每时每刻争分夺秒，就能换来大把的美好可供回忆。然而时间就像流沙，握得越紧，流失得越快。当终于认清人生中的忙碌永远没有休止的那一刻，曾经饱满的心绪便在刹那间泄气。

墙角的背包提醒我，该去呼吸一下别处的空气，它愿意带着我，与清幽的古韵来一场不期而遇。

沙湾古镇，带着八百年的绵长古韵，以宏伟的姿态，等待着世人的驻足。踏上沙湾的古街，就能沿着八百年的历史足迹，一下子跌入一座历史文化与古代建筑艺术的宝藏，整个小镇上空，都飘荡着岭南独有的文化古韵。

沙滩与街路，是沙湾古镇最浓重的两道印记。因为地处古海湾半月形的沙滩之畔，才有了"沙湾"这样一个如梦似幻的名字。岭南文化在这里孕育了八百年，从宋代时起，繁盛的商业就让这里拥有了"三街六市"的美誉。

行走在古时繁华的街路，抚摸着带有传奇色彩的蚝壳墙，指尖可以触碰到八百年浩如烟海的历史的每个细节。

身处沙湾古镇的中心，一条条古街依然保持着沙湾最古老的风貌。

古镇·深陷温柔的生活

行走在"三街"之首的车陂街,麻石铺就的地面、精美的雕刻与壁画,都在向世人倾诉那些年坐拥的繁华。这里曾经是大户人家的聚居地,街路两侧清一色镬耳屋便是家境殷实的象征。

从侧面看去,镬耳屋的屋檐呈"几"字形高高隆起,连接上外墙,又变成了一个"凸"字。古人将屋檐上的镬耳视作官帽的象征,有"独占鳌头"的美好寓意。虽然一座座镬耳屋呈现出毫不张扬的古旧颜色,可却完美地诠释了中华传统的低调与内敛。哪一家的镬耳越大,用料越讲究,也就代表着哪一家最有财势。

镬耳屋的每一块用料,都极其讲究而精细,仔细看去,每一块青砖都是水磨而成。可见,如果不是富贵人家,也用不起这样精细的材料。仿佛依然可以想见,古时的政要巨贾从一座座镬耳屋中出入的景象,千百年的历史更迭,镬耳屋曾经更换过多少主人。流传到如今,却变成

第二章 岭南古风・季风轻拂面 奇秀山海间

一派邻里之间和睦而居的温馨场景。

时过境迁，富贵的象征已经从镬耳屋的身上渐渐褪去，它俨然从一位威严的权贵，变成了一位沧桑的老者，从它的神态中，再也找不到当初的盛气凌人，而是饱含着满满的慈祥与沉静。

百年历史在镬耳屋的身旁匆匆流过，有些"年长"的镬耳屋，如今已经拥有了三百多岁的"高龄"。它身上雕刻的花草鱼虫，每一个图案都寓意着吉祥。岁月的风霜在墙上刻下一道道斑驳，虽有些残旧，却依然坚固异常。

镬耳屋的形状蕴含着古老而又实用的智慧，这种墙的形状既可以遮蔽阳光，又可挡风挡火。总是觉得，每一间镬耳屋，都在讲述一户人家或一个家族的故事，每一间百年老屋，都值得驻足观看，细细品味。

岭南人的灵巧与细致，在老屋的每一个细节中处处体现，几百年的沧桑没有将老屋压垮，反而将它孕育成了历史的证明。

整条古街呈现在相机里的样子，就是一张无须修饰的古老照片。树梢上一串串的大红灯笼，为一片古香古色装点出浓艳的色彩。古旧与浓艳，没有丝毫违和，那样恰如其分，相得益彰。浓艳衬托着古旧的魂，古旧彰显着浓艳的韵。

宗族是岭南人的文化，更是岭南人的信仰。何氏大宗祠，是来到沙湾不得不去的一处特色。这座始建于南宋德祐元年的祠堂，是广东的三大宗祠之一。祠堂的门口镌刻着一副对联："阴德远从宗祖种，心田留与子孙耕。"因此，何氏大宗祠也就得名"留耕堂"，寓意建立祠堂，造福后人。

历史的洪流将这座祠堂几次毁掉，又几次重建，每一次重建之后，都会呈现出它更加坚毅与不屈的身影。康熙年间的最后一次重建，让留

古镇·深陷温柔的生活

耕堂变成了现在的模样,三千平方米的面积,每一个角落,都叠加了无数段珍贵的历史。

一条条石柱与木柱,支撑着整座祠堂屹立不倒,饱经岁月的风霜,依然执着地坚守着自己的使命。细细数来,这些石柱与木柱共有112条,每一条柱子,都有着与众不同的身份。它们全部是从东南亚国家远渡重洋而来,为厚重的岭南文化增添一抹浓郁的异域风情。

漫步在大天街的青石板上,前方的池塘承载了多少何氏族人不为外人道来的心事。一幅幅镌刻于门边的对联,教导着一代又一代的后人。

留耕堂中的对联与石刻几乎随处可见,正门上方的"何氏大宗祠"匾额之下的大门两旁,镌刻着"千人修后人续享之绵绵,大宗同小宗异钦于世世"。一字一句,无不体现着前人的良苦用心,历经几十代人千百年的修建,才有了如今的留耕堂,世代流传的,不仅是一个氏族的

第二章 岭南古风·季风轻拂面 奇秀山海间

过往与延续,而是中华大地上可供后人凭吊的一段回忆。

门上横梁上雕刻着极其精美的木雕,飞禽走兽、历史人物,每一幅木雕都栩栩如生。何氏祖先在北宋后期考取进士的三兄弟,化作了牌坊额上"三凤流芳"四个苍劲有力的大字。他们是何氏的荣耀,享受着何氏子孙世代的膜拜与尊敬。

留耕堂外的蚝壳墙,被称作广东最大的蚝壳墙,据当地的老人介绍,每一个蚝壳都超过了三十厘米长,如果没有二十年的时间,生蚝绝不会长到这么大。古人似乎从不惧怕等待,只有时间才能沉淀出事物的美好。这是人生中不容置疑的真谛,却渐渐被焦躁的现代人忽视、摒弃。

古人用沉静与耐心,凝聚成这样一座富足悠闲的古镇。沙湾的青山绿水,也养育出众多的"富贵闲人"。这些"富贵闲人"对生活与戏曲的热爱,让沙湾变成了一片音乐的土壤。据说,每个沙湾人都懂音乐,都懂戏,在沙湾登台唱戏,是古时粤剧名角最大的荣耀。

何博众的一曲《雨打芭蕉》,成为广东的代名词,更让沙湾成为广东音乐的发源地。婉转的"十指琵琶",流泻出沙湾独有的优美旋律。沙湾的音乐孕育出一门典雅的流派,沙湾飘色则延续着一门古老的艺术。

十岁左右的小演员稳坐下方,三岁左右的小演员"飘"在上空。奇妙的力学构造与色彩艳丽的造型,轻易就能俘获众人的眼球。"沙湾飘色"的名字浪漫美好,可关于它的由来却磕磕碰碰。两种有关于由来的传说在当地流传,究竟哪一个传说才是真正的由来,已经无处去考证:

第一种传说,相传清代粤剧艺人李文茂响应太平天国起义,彻底惹怒了朝廷,于是粤剧被明令禁止。沙湾的百姓因无法看戏,就让小孩扮

045

成戏曲中的人物，抬着在村中游行。只游行，不唱戏，也就演变成了如今的"飘色"。

另一种说法是云南边关大将李路远为沙湾人，他亲手调停了云南两族人之间的械斗，为了对他表示感谢，云南人将北帝塑像送予李将军。以后每逢三月初三北帝诞辰，就会抬着北帝塑像出游，配合舞龙与飘色，久而久之，飘色这门艺术渐渐形成。

无论哪一个传说才是历史，沙湾飘色都成为一门不容置疑的地方艺术。被李路远将军迎接回乡的北帝，也成为沙湾人心目中的守护神。

沙湾人为北帝专门建造了一座玉虚宫，这里旺盛的香火，承载了多少沙湾人渴望达成的梦。站在玉虚宫的铜鼎面前，鼻尖缭绕着香炉中传来的香气。一对金童玉女的铜像已在这里驻守了百年，认真地记下世人的一个个祈愿，再一个个帮助世人去达成。

北帝的金身铜像就端坐在六级台阶上方，相传，北帝是按照明成祖朱棣的容貌铸造而成。沙湾人将北帝尊为镇乡之神，他们坚信，是北帝为沙湾迎来了国泰民安，风调雨顺。因此，玉虚宫内，终日香火不绝，人声鼎沸。

对神像的祭拜，结束了古城的一日之行。一种温润的情愫，在不经意间落入心田。身处这样美好的光景之中，每一次相逢，每一次遇见，都变成了记忆中无法抹去的永远。等到岁月苍老了容颜，蹉跎了腰身，那一抹厚重的古韵，也终将在心头铭刻，不会随着时光而日渐暗淡。

逢简·水乡书韵

总是习惯了在繁华中筑梦,差一点忘了体味最平凡的淳朴。一颗心在纷繁的世间变得浮躁,心中的一个声音告诉我,淡然纯净的人生,都保留在没有被浮华浸染的僻静之地。

来到逢简之前,一直以为只有江南才有一片片如同仙境般的湖光美景,却没想到在岭南也能遇到一处风景如画的水乡。

也许是意识到岭南水乡的难得,奇妙的大自然将逢简隐藏在了一处不易被发觉的"角落"。即便刻意寻找,也消耗了大半天的时光。直到一幅小桥、流水、绿树、人家相映成趣的画卷出现在面前,我才从交通不便的困扰中释然。正因为不易寻找,逢简才完好地保存了水乡纯朴的味道。

大小河道环绕在小村周围,数不清的小桥林立,让逢简的水乡风貌显得那样地道。交错的河道承载着小船悠悠向前,也承载着逢简不为外人熟知的过往。

25公里的河道,在逢简交织密布成一张河网,水,成为逢简的灵魂。绿树的身影在河面上摇曳,仿佛勾动着手指的少女,招呼我泛舟河上。在长长的小河中慢慢前行,仿佛时间也慢下了脚步。若不是眼前的一切都可以亲手触碰,我真的以为再次跌入那个美丽的梦中,将自己的

第二章 岭南古风·季风轻拂面 奇秀山海间

一切经历变成了梦中的场景。

　　船桨在耳畔划出优雅的节奏，空气中弥漫着宁静的味道。岸边的绿树几乎遮蔽了整个天空，抬头望去，阳光用尽全部力量，从疏影中洒下斑驳的光线，虽是夏日，却丝毫不觉得炎热，反而更加享受阳光晒在身上的暖，和微风拂面的清凉。

　　逢简的河道悠长，小船沿着河道蜿蜒穿行，偶尔几声清脆的鸟叫打破安静，除此之外，再无杂音。一种隐于世间却不被世间抛弃的安详与坦然萦绕心间，悠然的节奏舒缓着逢简人生活的步调，这是上天给这片灵秀的水土独有的恩赐。

　　荡漾在逢简的碧波之上，迂回不尽的河道似乎怎样都走不到尽头。

049

水光接着天际，滋养出了宜人的空气。

桨声阵阵，悠扬着逢简古老的过往。船家说，船是逢简最重要的出行工具。很久之前，逢简只有水，却没有桥，因为身处水乡，所以家家有船，每一艘船都代替着多少水乡人的脚步，也寄托着多少水乡人家的生活。

正所谓"一船蚕丝去，一船白银归"，古时的逢简人，就是乘坐着一艘艘小船，满载着当地的特产走向外面的繁华世界，再将繁华世界的财富带回这片宁静的沃土。

那些没人乘坐的小船就随意地停靠在水边，在柔和的阳光下随着水波左右摇摆，观赏着从身边经过的行人，乐得享受休息下来的清净，却不知道自己已经成了画中的风景。

横跨河面的小桥、岸边盛放的鲜花、水边停靠的小船，无须刻意修饰，就自然形成了一处美得让人忘记呼吸的水乡美景。虽然抬头无法看到一片完整的天空，但我知道，那片天空蓝得清透，纯净得没有一丝杂质。不像都市中混浊的空气，轻易就能划伤我的眼睛。

几公里外，就是一座繁华的都市，逢简却如同一位避世的隐者，大隐在城市的背后。逢简的水，虽算不上清澈见底，却清晰可见水中的鱼儿在欢快地游动。因为逢简人的友善，这些鱼儿早已经学会了不怕人。它们跟随着我的小船一路游动，追逐嬉戏，渴望能从我这里得到一些可口的美食。

一路上，只有两岸的绿树提醒着我并不是在江南。江南的岸边总是密布着笔直的垂柳，逢简的岸边，却是一些我叫不出名字的绿色叶片，低低地垂在水面。逢简人虽生活在现实的世界，却也活在多少人不可企及的梦中。

无数次从桥下的孔洞中穿行,却忘记了去数一数桥的数量,上岸之后,我迫不及待地想要从一座座桥上走过,体会一下小桥在逢简举足轻重的作用。

河道上星罗棋布的小桥是逢简人智慧的结晶,也是逢简最显著的标志。几百年来,河中的小船已经改变了形状,河岸上的房屋也几经翻新,只有河面上的小桥,保持着古老的面貌,记录着逢简千百年来的历史。

每一座古桥,都占据着一处重要的交通位置。只粗略一数,就能在这里找到三十多座小桥,从明清时代的古老石桥,到现代工艺建成的水泥桥,无一不在骄傲地见证着逢简人千百年来走过的足迹。

明远桥、巨济桥、金鳌桥是逢简最古老的三座石桥,它们一同见证着当年水乡集市的繁华。古老的巨济桥修建于宋代,历经几次翻修,已经再难找到任何一个朝代的影子。桥身上刻录着"民国十八年(1929)合乡重建",宣告着这座古桥距离如今已经不足百年历史。

同样建于宋代的明远桥,虽然也在翻修过程中丢失了宋代的风韵,却完好保存了明代的风貌。红色砂岩制成的小桥,全长仅仅二十五米,宽度却足够古时的车马通行。两头桥柱上雕刻的石狮子,迎来送往了多少从桥面上经过的行人。它们将亲眼所见的历史更迭刻录于心中,当我的指尖触碰到它们的身躯,仿佛清晰感受到历史的车轮碾压过逢简水乡时留下的轨迹。

只有古旧的金鳌桥,还保留着一段被逢简人称道的传说。相传一名逢简人金榜题名,成了京城中的高官,回到家乡之后,因为怀念京城的金鳌桥,所以在自己家乡修建了这座同名的石桥。

皇帝知道这件事后,并没有为桥的名称责怪他,反而御赐了另一个

古镇·深陷温柔的生活

桥名"玉挥"。两个名字分别刻在古桥的一左一右,无论人们用哪一个名字称呼,它都在历史的洪流中笑看风云,执拗地做着自己。

逢简是广东最早有人聚居的地方。逢简的桥,代表着逢简的人。已经说不清这里从何时起开始有人居住,却只听说,许多桥的名字都是从人名而来。只要哪个人家生了一个儿子,便会用他的名字命名一座桥。这个名字不仅会被刻录在桥身,还会刻入自家的祠堂。

一座座祠堂,代表着逢简的古韵。每一座祠堂,都记录着一个氏族的兴衰,平心静气地讲述着所谓成败,不过都是过去的事情。

明代建成的刘氏祠堂中,却很难再找寻到明朝的物件,每一次翻修,总有许多新的东西加入,旧的东西越来越少。只有大门上的铁环与青砖砌成的墙,还残留着当年古朴的味道。

不知从何时起,祠堂已经不再是一个神圣的场所,到如今,已经变

成了一处老人休闲纳凉之地。几位老人在祠堂中喝茶聊天，打上几圈广东麻将，将平淡的生活，用文火煲出幸福的滋味。

自古以来，逢简人就习惯了傍水而居，他们世代生活在河边，无论是老厝还是新居，全部临水而建。一阶阶的河梯从水下延伸到岸上，经历了一天劳碌的逢简人，走出船舱，就能直接走入家门，体会人间的温馨。

即便是新居，也找不到高楼大厦一类的现代建筑，只是一座座看上去新一些的民宅，安静地躲在河边的树木后面。门前的石板路，诉说着一段段古老的回忆，一些老旧的民居已经拆除，已经倒塌的墙壁，见证着逢简丰厚的过去。

那些老旧的民居里，仿佛还可以看到一位古时的少女，对着镜子，缓缓地将一头长发梳成发髻。这是岭南地区独有的自梳女，古时的少女因为不堪封建礼法的严苛，不愿忍受夫家的虐待，于是矢志不嫁，或是与女伴相互扶持终老。

古时的女子在出嫁时，必须由母亲亲手梳起发髻。那些决定终身不嫁的少女，则会举办一场自行梳起发髻的仪式，人们将这种仪式称作"自梳"，这些女子则被称作"自梳女"。一旦成为自梳女，便终生不能反悔，必须自食其力，与其他自梳的姐妹相互扶持。到了晚年，也不得在娘家去世。

穿过屋檐的阳光，撒在逢简民居斑驳的砖墙，逢简本身，就是一段来自远古时期的故事。终于理解为何有人将逢简称为"岭南周庄"，千年不变的老树、斜阳、古埠、人家，交织成如同流水般缓慢的生活节奏。直到这一刻，我终于感受到片刻的安静闲适，人世间的种种纷扰，随着脚下的流水，漂向了遥远的未知。

055

桥溪·客家茶香飘

指间漏下的阳光有些刺眼，闭上眼睛想要虚构出另一个美丽的世界。那里没有匆匆的行人，没有喧闹的嘈杂，身体中无处安放的灵魂在这里将被静谧洗涤，整个人在这里感受时光缓慢地流逝。

古韵桥溪，让幻想与现实完美地重叠。清亮的阳光撒在茶园嫩绿的叶片上，鼻尖飘荡着阳光的温度蒸腾出的阵阵茶香。一场淅沥的雨，洗净了整座山的尘埃，满目望不到边际的绿色，被雨水镀上了一层赏心悦目的亮。

种茶，是生活在桥溪的客家人主要的收入来源，茶，也就成了客家人的命脉。就连客家人的血液里，都流淌着如同清茶般朴素无华的纯净。

想要探访客家人的生活，就要耐得住寂寞，沿着并不平坦的蹒跚公路一路深入山中，抛弃喧嚣，才能收获桥溪的美丽与安宁。

漫山遍野的茶林中，一片鲜红的屋顶显得无比耀眼。那是客家人居住的围龙屋，四面环山的小村，几乎看不出太多外人打扰过的痕迹。如同在碧山中镶嵌的一颗红宝石，吸收了整片茶林酝酿了千年的灵气。

大山是桥溪的守护神，阻隔住了人世间的一切忧愁和苦闷，桥溪的客家人安居山中，只知幸福，不知愁滋味。在茶园中劳作的客家人，只

第二章 岭南古风·季风轻拂面 奇秀山海间

要抬起头,就能看到云层压着山峦的美景,只要看到青山尚在,他们就会感到安心。

一条从山上蜿蜒而下的清澈小溪,为一片苍翠的深山增添了一抹俏丽。水,滋养着茶的灵魂,也洗涤着客家人的内心。在深山中,有水的地方,就会有人在附近一代代地繁衍生息。

古时候,人们将这条小溪称作"叩头溪",因为桥溪的确是一片避世的所在,就连通往山中的路都被密林隐蔽。近乎垂直的陡峭山路,让想要进村的人,必须手脚并用地爬上每一级石阶,每爬行一步,都像是在叩一次头,每前进一寸,都是在向大自然神奇造化的致敬。

桥溪古村仿佛就在头顶的天际,想要拥有那片纯净的风景,就必须沿着村路向上爬行,令人崇敬的自然,似乎在讲述着"只有付出才有回报"的古老道理。

客家人的古宅就端坐在村落里，等待着我的探访，那若隐若现的红色屋顶，就是我此行的最大目的。心中有了动力，脚步也变得轻快。山中的溪流随着我的脚步越来越窄，圆滚滚的石头让人无法踏足，只能乖乖地沿着村路缓慢前行。

一路只顾着低头看脚下的山路，鼻端渐渐缭绕着四溢的香气，无意中抬起头时，猝不及防收获了一片繁花盛开的美景。崎岖的山路似乎将我带往了一片原始森林，如果不是有向导带路，也许会在森林中复杂的地形里迷失。难怪太平天国的洪秀全会将这里选作驻扎之地，义安寨上的古寨头，还在痴痴地守望，期盼见到义军凯旋的身影。

花香在空气中勾画出优雅的弧线，指引着我的视线看向那一片五彩的山林。红白相间、黄绿掩映的叶片，交织成一道五彩的梦，不同颜色的小花，成为这个梦中靓丽的点缀。楠木的红、桂木的白、檀木的紫，每一种颜色，都渲染着一段流年。

几棵千年古树挺拔茂盛地矗立在村口，客家人的朴实将古树深深感染，它们总是忽略自己珍惜的身份，千百年来，平静而低调地守在桥溪的村口，惬意地感受时光悠悠的流淌，为村中的客家居民遮阴蔽日。

苍翠的树林让我心旷神怡，举目四望，眼中盈满了盎然的绿意。闭上眼睛深深呼吸，空气中都是清甜的味道，流淌了千年的溪水潺潺，从村中偷跑到溪边的小鸭和溪中的小鱼纵情嬉戏。一派人间天堂般的景致，带着一种桥溪独有的清丽脱俗的气韵。

桥溪古村就隐藏在这片五彩山林的背后，一溪流水脉脉流淌出诗意。溪水虽不宽阔，却足矣让古村"依山傍水"自居。村头的一座古老石桥横跨在溪水之上，一桥一溪，演化出"桥溪"的村名。

客家人的民居沿着山势而建，仅有的一点平地，全部留给了稻田

第二章 岭南古风·季风轻拂面 奇秀山海间

和菜地。错落有致的民居镶嵌在高低不同的山壁,无论从哪一个角度观看,都能看出客家民居独有的神韵。

很难想象,原始的结构,却成就了一座座百年老屋,明代皇族朱氏,让这座避世的古村拥有了更加神秘的意义。据说,这里藏匿着一个失散的皇族,相传在明末清初年间,朱氏八世祖万琏公来到桥溪,在此繁衍生息。

历经四代人的努力,从十三世守庆公开始,落魄的皇族终于家境好转,朱氏一族人丁也渐渐兴旺,守庆公对朱氏一族有着非同寻常的意义,族人将他的故居改建成一座祠堂,取名"守庆公祠"。每当节日,桥溪村民便会聚集在祠堂中祭拜祖先。在客家的语言里,"灯"

与"丁"谐音,为祠堂添灯,就是在恭贺族人添丁。每当有人家生了男丁,就要在祠堂的横梁上挂上一盏纸灯,企盼后人吉祥。

两座青山前后重叠在守庆公祠的大门正前方,形状酷似"金"字。朱氏的老祖宗认为这是一座"生辰顶",这两座青山,守护着朱氏的族人生生不息。他们坚信,有朝一日,朱氏族人中,一定会再次出现一个朱元璋那样英勇聪慧的人物,重新夺回紫禁城中的帝王宝座。

历史的烽烟渐渐消散了村中居民心中的戾气,千百年来,桥溪村民已经习惯了平静与安稳,所谓的帝王,虽代表着权势,却也代表着劳心劳力,隐居在这样一处避世的净土,反而收获了一份帝王无福消受的安逸。

第二章 岭南古风·季风轻拂面 奇秀山海间

世安居的两根横梁上,上面一根绘制着一幅金黄的八卦图,下面一根上,雕绘着栩栩如生的金龙。在古时,龙是皇族的象征,横梁上的金龙,印证着桥溪村的朱氏确实是皇族的血脉。

一座继善楼,几乎占据了村落的整个中心,这是屋主人财富和地位的象征。光是高挑气派的门庭,就见证着主人曾经的辉煌。屋檐上还保留着精雕细刻的木雕,屋内还摆放着朱氏先祖的画像。空荡的房屋装满了屋主人生活的点滴,一间连着一间的七间大屋,无声地证明着朱氏家族人丁的兴旺。

一脉皇族,为桥溪古村增添了一抹贵气。继善楼上镂空的砖雕花窗,无声地证明着西洋的文化,乘着晚清的烟云,飘荡到了这座在山中隐居的古村。南洋化的彩色玻璃,证明着屋主人华侨的身份。两幅鎏金的木刻家训,彰显着朱氏祖宗的教导,从未被后人遗忘。

看守老屋的村民,向我讲述起继善楼的历史。五位朱氏兄弟,远渡南洋,在家乡与海外奔走,从做"水客"起家,用积累的财富开设起多家店铺,再次积累财富,回乡建造了几座老屋。其中一座,就是继善楼。

古朴的老屋,仅是建造,就花费了十年光阴,当房屋建成,二哥已经告别了人世。经历了历史洪流的洗礼,曾经代表着光宗耀祖的老屋已经变得十分幽静,古色古香的雕花木窗木门,映衬着彩绘的墙壁,彩色的画面,竟然重现着广州当年的繁荣。

守屋者告诉我,曾经的厅堂不像如今这样空荡,满满的家具大多来自南洋,甚至还有西洋的钟表和哈哈镜,如今,这座花费了12万块银圆的七杠屋,只剩下了一张条几和几面镜子。

隐藏在山中的村落,总是存在着人多地少的矛盾,可桥西村狭窄的

格局中，却孕育出客家村民和气生财的智慧。

远渡南洋的桥溪人，将财富送回家乡，建起一座座家族式的祖屋，往往是一家的族人共居一处，也就难免在日后引出财产分割的纠纷。桥溪人的智慧，就体现在一份份置业之前签订的合约中，谁出钱，谁出地，日后如何分配，一条条清晰地立在合约之中，在矛盾发生之前，就让其彻底销声匿迹。

桥溪村最早的一份合约，签订于清朝光绪二十九年。古老的笔墨代表着时光流逝的沧桑，却也象征着族人之间亲情的稳固。

古村中的每一处建筑，都见证着时间的流逝，沿着村中的小路，依稀可以找寻到生命的方向。我微笑着与村中的一处处景致相遇，又微笑着与它们挥手作别，沉浸在山中古村的美好，贪恋着客家民居独特的风光，虽是初遇，就已经让我对这里爱得深沉。客家村民辛勤而知足的忙碌，时刻在指点着我，岁月的美好，不容蹉跎。

三江·鼓楼花桥侗家歌

不知从何时起,行走与思索,成了生命的全部意义。岁月从未停下行走的脚步,一不留神就走了很远,还来不及道一声再见。我不愿站在原地默默地看着时间流逝,与其在一去不回的年华里只留下美丽的想象,不如在心底刻下一段段真实的回忆。

于是,习惯了行走,也习惯了用行走,让生命变得更美丽。一旦让脚步行走在路上,就会发现梦想并非全都不切实际。我将生命的美好期许成大片盛开的花朵,在三江漫山遍野绿色丛林之中,满目的繁花似锦,美好得那么不真实。

都说月光如水,还未消散殆尽的月光披在清晨的阳光之上,为阳光增添了一抹清凉。追寻着阳光的轨迹怡然地行走,心中已经萦绕着一曲原始的天籁之音,那声音来自美丽的侗寨,荷塘中的一塘浮萍仿佛随着原始的韵律轻轻舞动。

触摸着三江鼓楼古老的木门和廊柱,仿佛触碰到侗寨的灵魂。27层瓦檐的鼓楼,高高地矗立,一整座木质的建筑,竟然没有用到一根铁钉。每一块木料,都以榫穿合,如同宝塔般的飞阁重檐,用最质朴的色彩诠释着侗家人的纯净。

鼓楼是现代繁华赐予侗寨的美梦,仿佛是为了印证梦的美妙,能工

古镇·深陷温柔的生活

  巧匠们将鼓楼放置在了"月亮街"。天上地下两个"月亮",每日守着鼓楼安然入睡,对面簇拥在群山绿树之中的福禄寺,用一腔清幽,映衬着鼓楼的阳刚之美。

  侗寨的文化,在鼓楼中默默地传承。它以雄壮的姿态,俯瞰着侗寨的其他建筑,粗犷的楼身,却因为轻轻翘起的檐角,将柔媚完美地结合于一身。

  年轻的鼓楼并未承载太多厚重的历史,然而支撑鼓楼的四根杉木,却全部有着百年以上的树龄。这是侗寨建筑的一道奇观,四根古木终日与石基上的浮雕相伴,一石一木上,处处彰显着侗族工匠的技艺与侗族的历史。

  侗族人独特的文化,演绎成一种民族精神,被融入木制的鼓楼之中。既然叫作鼓楼,必然能够看到悬挂在大梁上的皮鼓,当皮鼓被敲

第二章 岭南古风·季风轻拂面 奇秀山海间

响,浑厚的鼓音越发衬托出鼓楼雄壮的气势。皮鼓悬空一击,声音飘向四方,只有侗寨的"头人"才有敲响皮鼓的资格,鼓声一响,代表着有大事发生,侗寨的百姓会立刻从四面八方聚拢而来,一寨击鼓,各寨响应。

从鼓楼奇特的造型之中,既能看到中式建筑的古香古色,又能品味出异域建筑的古老遗风。楼前的一块块卵石代替了青石板,漫步其上,依然能感受到从鼓楼蔓延而来的庄严力量。

鼓楼承载了侗寨人一切重大活动与生活日常,每到年节,盛装出行的侗寨人在鼓楼前演绎着龙灯与芦笙交织而成的侗族文化,寻常的日子里,侗家人闲来无事时,则围聚在鼓楼闲话家常。

侗家人将侗族文化的精华,凝固在鼓楼的建筑之中。在鼓楼的顶梁下,我看到一串串荷包和布袋悬挂其上。我学着侗家人的样子,将祝福装进荷包,让鼓楼守护着我最淳朴的祈祷。

看到鼓楼外观的雄壮,让我难以想见鼓楼内部的精致。只有踏入鼓楼之内,看到头顶纵横交织的横梁,才会为建筑师精湛的技艺所折服。据说,侗族的木匠建造鼓楼时从不需要图纸,只凭十三个神秘的符号,就会让整座木制建筑分毫不差。

十几根粗壮的原木,支撑起鼓楼的稳固,陡峭的楼梯与高处令人眼花缭乱的瓦片,让我在爬到三层时,不得不向它低头认输。

穿过鼓楼前方卵石铺就的鼓楼坪,不远处即是诠释着侗族建筑文化精髓的侗乡鸟巢。据说,每年春秋两季的"斗牛节",侗乡鸟巢中都会上演一幕幕精彩的斗牛争霸,家家户户饲养的好斗水牛,将在这里一较高下,分出胜负。侗家的锣鼓与芦笙、簇拥的人群,让牛的身份,在这一天显得格外高贵。可惜此行的季节不对,错过了这样一场隆重的盛事。

很难用单纯的某种文化去定义侗乡鸟巢的外观,它将复长廊式、楼

阁式、密檐式等风格融合为一种艺术,也只有此种风格的建筑,才能演绎出《坐夜》之中博大精深的侗族风情。侗家的歌声,唱出了侗家人的魂,舞出了侗家人的灵。一个能歌善舞的民族,孕育出一种传奇般的风情。

侗族人的"坐夜",是青年男女恋爱求偶过程中的一种曲调,男女之间一问一答的对唱,用歌声开启一段交往。这才是情歌真正的定义,一首歌,牵出一段情。

每到入夜,侗寨的姑娘就会三五为伴,在家中纺纱、刺绣,等待小伙子的来访。小伙子们也会三五成群,来到姑娘聚集的地方,相互打闹,用歌声互诉衷肠。一唱就从夜晚唱到天亮,直到东方发亮,才依依惜别。

侗家人将骨子里的浪漫,汇聚成一曲曲动听的情歌。这是一种让人无法拒绝的爱情表达方式,直到走向远方,耳畔依然萦绕着侗家情歌欢畅的曲调。

侗家的歌声表达着侗家人的爱情,侗家的花桥代表着侗家人的个性。因为侗家人简单直接的性格,所以有了侗家建筑中一个个简单直接的命名。因为桥身上丰富的彩绘,侗家人将其称为"花桥",又因为桥、廊、亭集于一体,让桥有了遮风避雨的作用,于是,侗家人又将其称为"风雨桥"。

侗家桥梁建筑的艺术,就结晶在这座月牙形的建筑之中。飞檐的造型与鼓楼极为相似,却比鼓楼多了一些亲切与敦厚。侗家人喜欢将人群聚居的地方叫作"寨",寨寨有鼓楼,寨寨有花桥,鼓楼与花桥,成为侗寨人生命中不可或缺的一笔。

依山而居,傍水而住的侗家人,总是少不了与桥相伴,无论村头村尾、寨中寨边,都少不了桥的身影。风雨桥,只是其中之一,木桥、石

板桥、独木桥、浮桥，演奏出一曲侗家独有的桥梁交响乐。

　　风雨桥下的河水潺潺流淌，坐在岸边乘凉的侗族老人，成了写生画笔下的风景。年纪很大的侗族老奶奶，坐在桥边默默地编织着侗族人的手工艺品。虽是用来出售，却从不叫卖出声。如此美丽的景象虽无法带走，却深深地打动了我的内心。

　　远处的民居掩映在青山绿水之中，一幅秀丽的画卷呈现在面前。眺望远处的山坡，一架架巨大的水车在缓缓转动，转出的水流哗哗地流淌，顺着水声，即可望见依山傍水的吊脚楼鳞次栉比。

　　进入侗寨的沿途，下了一场如同瓢泼的大雨。大雨并没有浇灭我进寨的兴致，反而让我停留在蜿蜒的山路上情不自禁地观景。山中的雨来得快，去得也快，转眼之间，硕大的雨滴一下子就不见了踪影。如果不是身上还留有雨水打湿的痕迹，几乎忘记了面前如此清透的一片山色，刚刚还笼罩在雨水的氤氲之中。

　　雨后的侗寨，呈现出更加迷人的色彩，在山的顶端，已经可以清晰地看到安静的侗寨，被雨水浇灌出空灵的气息。沿着山路一路向下，幽静的小寨几乎见不到人影，只有山路旁的野花，兀自在雨后散发着幽香。

　　湿润的土地上，蓬勃的小草还挂着刚刚洒下的雨滴，清新的空气，氤氲在更加生活化的静谧之中。

　　当正式进入侗寨之内，悠扬的芦笙曲调指引着我走向一处热闹的所在，年轻的侗族姑娘戴着侗族独有的发饰，随着芦笙的节奏欢快地舞动。虽然如今的侗寨沾染了些许商业化的气息，可侗家姑娘的舞步却依然可以找寻到原生态的质朴。

　　绿油油的稻田中间，蜿蜒着村寨曲折的小路，只容一人通行的狭窄小路，却可以在静谧中踏出一曲带有侗寨风情的音符。很少有游人会踏足

第二章 岭南古风·季风轻拂面 奇秀山海间

小寨中游逛,因为对侗寨的未知,更加激发出我对那里无限美好的遐想。

侗寨中,几乎每户人家都矗立着硕大的染缸,缸中的染料,绚烂了多少侗家孩子的童年。许多侗宅紧贴着池塘而建,呈现出一派城市中别墅区才能看到的幽静。池塘中的浮萍成了小鱼隐藏的屏障,懵懂的小鱼在池塘中吹出一串串水泡,仿佛在无声地探究我的行踪。

身处侗寨,每走一步,都能感受到与大自然的无比亲近。这里是一片诗意的家园,此行的脚步也终将在这里终止。时光是一条没有尽头的路,每个人终其一生,也只能走完短暂的一程。至少,在三江的侗寨,途径的一切,都值得用心去品味,去珍惜,生命的一程,被描绘出如此清新的一笔,也可无憾地宣称,脑海中存留了一抹可供时光去追寻的痕迹。

黄姚·楹联大观 一梦千年

坐上前往黄姚的汽车,想要与那座建立于宋代的古镇来一次完美的邂逅。这是一场从城市中的逃离,车程虽有些漫长,却丝毫未影响一颗因自由而异常兴奋的心。车窗外的风吹旧了窗外的风景,不知道这座隐蔽在中国版图之上,却几乎被世人遗忘的古镇,如今已经变成了什么模样。

一下车,扑面而来的是一种宋代遗风,很少有游客将这里当作旅游度假的目的地,于是便保留了黄姚的平实和质朴。徜徉于这座不大的古镇,每一抬眼,都是一座旧得刚刚好的建筑,全部的视野与感官,都被古风古韵紧紧地包裹。

因为独特的风韵与景致,黄姚跻身于中国最美的十大古镇。它建于宋,兴于明,鼎盛于清,千年的历史从古镇的身旁穿梭而过,涤荡着这里从未被世俗污染过的文明。黄姚就如同一幅绘制于千年之前的古老画卷,被人静静地陈放在僻静的角落,忘记了欣赏,更忘记了把玩。某年某月,这幅画卷不经意地掉落于地面,被人不经意展开,穿越千年而来的古朴与风雅,马上俘获了世人的芳心。

"旧",是我对黄姚古镇的第一个定义。不过,这个"旧"字,却丝毫没有任何贬义。黄姚的历史可以追溯到宋代,似乎从那时起,整

第二章 岭南古风·季风轻拂面 奇秀山海间

座古镇的样貌就从未被轻易更改，在千年以后的今天，它"旧"出了历史，"旧"出了韵味。

斑驳的古墙，已经分辨不出原始的色彩，不知道什么年代张贴在墙上的广告画报，已经在风雨的侵蚀下残缺不全，残存下来的部分，早已经与古旧的墙面融为一体。就连从现代文明中衍生出的酒吧门口，也飘扬着带有古代符号的酒旗。满眼的"旧"色，让我对这座古老的小镇深深着迷。

似乎只有青石板路，才配得上古镇的称号。它带着历史的气息，狭窄而悠长。因为少了现代的加工，古巷的石板路显得并不平整，却偏偏恰如其分地保留了天然的美感。

古镇的石板街与脚步碰撞出空灵的节奏，清晨的阳光穿越小巷上空狭窄的天际，将内心照耀得渐渐平静。这里是古镇最有风味的去处，只有清晨才能还原它本来的静谧，一种恍如隔世之感突然萦绕心头。

不禁开始庆幸当初选择来到这里。想要躲避城市的喧嚣，黄姚的确不失为最佳的去处。丝毫不必担心汹涌的人潮破坏古镇应有的休闲与宁静。

沉静的古街，似乎在平静地回忆曾经的一派繁华。古街两侧泛黄陈旧的古屋，裹挟着浓重的历史气息扑面而来，这里从古时起就已经被用作经商的店铺。老旧的木窗依然镶嵌在昔日的店铺墙上，木窗上面往往留下一个圆孔，小小的设计，彰显着古代商人头脑的精明。即使夜晚关上门板，也可以通过圆孔进行交易，一手交钱，一手交货，也许，这是最早的昼夜服务。

我不禁在头脑中勾勒，曾经的这里是怎样一派热闹的场景，如今的萧条，是否会让整座古镇为之而落寞。

古镇 · 深陷温柔的生活

黄姚有别于其他的古镇,并没有太多的达官显贵在此居住,因此,镇上的房屋,少了一些大户人家的气势恢宏。然而,平民的住宅往往滋生出建筑的艺术,每一座房屋都有着精雕细琢的梁柱、斗拱。墙面与天花板上,栩栩如生的画面足可以用雕梁画栋来形容。

一座座青砖灰瓦,被山水环绕在中心。几条江水绕镇城而过,最终一同汇入桂江。有水就会有桥,凌驾水上的古桥与古巷相映成趣。古人在桥边修建了亭子,用来镇住水口,如今为古镇的居民提供了一处纳凉的绝佳场所。

修建于明代万历年间的带龙桥,是黄姚十五座桥梁中最大的一座。半月形的青石板桥,横跨在小珠江上,行人在桥上任意往来,流水在桥下任意穿行。保存了千年的古桥,不知道历经了多少次洪流的冲刷,我在桥边的石凳上坐下,想要同它"聊一聊"是否为世纪的更迭感到欣喜。

第二章　岭南古风·季风轻拂面 奇秀山海间

因为桥边怪石的陪伴，带龙桥似乎从未感到孤独，每一块怪石，都是一种动物的缩影，不知在某个月圆的夜里，它们是否都会化身出灵活的身形。

带龙桥上并无围栏，平衡感并不好的我，走在桥上难免会有一种眩晕之感。看到身旁的人如履平地的经过，不禁有些嘲笑自己实在是无福消受漫步石桥的乐趣。只好退下来从远处观望，换了一个角度之后，赫然发现这分明是好莱坞的魔幻电影中才会出现的场景。

小桥流水，为岭南风光增添了一抹江南的神韵，似乎再用任何辞藻去描绘它的美都已经显得多余，只需在这样的美景中静坐，听着缓缓的水声，不知不觉，已在这片人间仙境中彻底沉浸。

不远处的古榕树，五百年如一日地洒下阵阵绿荫。难以想象，如此粗壮的树干下面，却没有肥沃的土壤，榕树的根竟然紧紧扎在石头之中，因此也得来了"石上榕"的美名。盘根错节的枝干茂盛地伸向天空，身形倒立在水中，留下参差斑驳的树影。

古老的榕树就像一位慈祥的老者，任何人都可以躺在它的怀抱中享受阴凉，古树从不会露出不悦的神色，一如既往地用灵气滋养着人们的心灵。

穿行在黄姚古镇，将视线任意定格，呈现在眼前的，都是一幅百年之前就已存在的景致。建于清代嘉靖年间的石跳桥已有二百多岁，可与带龙桥相比，却不过还是一名稚嫩的"孩童"。就连人们过桥的方式，也因为石跳桥独特的造型而不得不如同孩子般一蹦一跳。

虽然称之为桥，不过是31个排列整齐的石墩，行人想要过河，就要在露出水面的石墩上行走，流水与脚步，已经让石墩变得光滑，似乎所有的烦恼，都在石桥上蹦跳的瞬间消失殆尽。

073

古镇·深陷温柔的生活

传说是仙女下凡在姚江梳洗时,不慎将梳子在此折断。留在此地的半截梳子,便化作了这31个石墩。石跳桥果真如同仙人施了法术一般稳固,历经二百年的洪水冲刷,竟然没有一个石墩产生过松动。

古镇悠远的历史与曾经的沧桑,一点一滴全部流淌于江水之上。站在水边,竟然觉得有些口渴,不愿打开背包中那些所谓的纯净水,我想要在古镇中,寻找到一处古老的水井。

古井中的水已经流淌了千年,直到如今依然并未干涸。三五结伴的村妇围绕在井边,将取来的水用来洗菜、洗衣、做饭、饮用。

之所以宁愿忍住口渴,也一定要找到这一处古井,是因为在古镇游走时,无意中听到了有关古井的传说。

当地人将这处古井称为"仙人古井",这里也成了古镇中最神奇的一处所在。传说,如果阴历七月初七上午在井中取水,可以放置三年不腐,喝过此水的人百病不生。

奇妙的传说激发了我的好奇之心,虽然并不相信一口井水真有如此神奇的功效,然而无论旱涝,始终奔涌翻腾的井水,却不得不让人为之称奇。

镇上的居民从古时起,就在无形中定下了井水使用的规矩,直到如今,居民们依然保持着先饮用、再浇地、最后洗衣的顺序。正值炎热的夏季,我蹲在井边,掬一捧甘甜的井水饮下,丝丝凉意瞬间沁人心脾。刚刚还在周身萦绕的暑气瞬间无影无踪,井水的纯净,让我心中升起一丝感动。

黄昏的夕阳,将古镇照耀出一派慵懒的景象。居民家中的宠物和家禽,就懒洋洋地随便趴伏在任意一个角落,即便游人从身旁不停经过,也懒得挪一下脚步,甚至不愿抬起低垂的眼皮。这是只有慢节奏的生活才能带来的一种惬意,不用为任何事情奔忙,只活出一份随心所欲。

夕阳渐渐落下,转眼就是夜幕降临。街边的商贩已经开始收拾起件件商品,不紧不慢的速度,似乎证明着生活的不疾不徐。不远处的农家已经升起了袅袅的炊烟,家家户户门口都点亮了用来照明的大红灯笼。徐徐晚风吹来,灯笼忽明忽暗,古巷也被蒙上了一层神秘的色彩。

眼前此刻的美好,让我的内心也因此而变得宁静,一种莫名的喜悦盈满眼眶,轻轻抬起手指,触摸到一片幸福的湿润。

第三章

湘黔风情·湘江绝北去 遍地满朝晖

凤凰·先秦的凤凰

走过千山万水，遍访世外桃源，一直放在心中魂牵梦萦的那个地方，是古城凤凰。那是被新西兰作家路易艾黎称作中国最美丽的小城，有人说它不及江南水乡柔美，有人说它不如名山大川灵秀，可就是这座连名字都如同神话般迷人的小城，成了每一个梦想家心心念念的梦里水乡。

有一种旅行是为了圆梦，有一种旅行是为了逃离，我的凤凰之旅，是为了邂逅。因为一直以来的向往，凤凰古城成了我心中最美好的事物。曾经无数次在脑海中勾勒它的容貌，想到即将跨入凤凰古城的大门，心中竟然萌生出一种恋人邂逅般的悸动。

阳光晒在脊背上有些发热，更加无法掩饰我的双颊因兴奋而微微发烫。眼前流淌着清澈的沱江水，沿着蜿蜒的江边错落而建的古旧吊脚楼，仿佛用轻快的语调向我宣称："没错，这就是凤凰。"

清澈的江面下，可以清晰地看到水草在随着水浪摇摆，泛舟江上，就已经彻底远离了尘世。情不自禁让指尖在江面上轻轻划动，深浅不一的水纹划着圆圈荡漾到对岸，我的思绪随着渐行渐远的水纹，在沱江两岸的风景之中任意地飘荡。

乌篷船在江面随性地摇曳，摇船的大叔带着与生俱来的欢乐，一面

第三章 湘黔风情·湘江绝北去 遍地满朝晖

摇船,一面唱着凤凰苗家的山歌,许多歌词已经没办法听得清楚,只清晰地听出一句"妹陀来到沱江河,一定要把船儿坐。"

在大叔的歌声中,忽然想到江边渡口的飘摇摆渡牌上,用随性的笔体写着:"人生,犹如红尘摆渡,风雨飘摇中,这里,只是一个渡口,渡你、渡我。"

每一段人生,仿佛都是登上了一个完全陌生的渡口,没有人知道下一站将渡向何方,只知道无法永远停留在原地,眼睁睁地看着时光在身旁飞速穿行。

两排方形的石墩镶嵌在水中,连接着江水两岸。想要过江,就要在石墩上方一步一跳,清澈的沱江在跳动的脚步下方流过,人们将这种过江方式形象地称为"跳岩",穿着苗族服饰的女子,背着背篓走在跳岩上的画面,美得让人留恋。

这是我与凤凰古城的第一次邂逅,脑海中浮现的,还是沈从文老先生笔下世外"边城"的美好想象。不过,凤凰已经不再是书中描写的原始景象,四周不断新建的商铺和吊脚楼,已经让凤凰在不知不觉中变成了崭新的模样。

不过,我并未因为凤凰的"新"而感到失落,毕竟它美丽的身影早已刻画进我的脑海,全新的外壳并未改变它一颗宁静的心灵,只有舍弃内心的浮躁,才能亲手触碰到凤凰的灵魂。

在古城中行走,最需要戒掉的就是脚步匆匆。无须为自己的行程设定时间表,就这样随心所欲地在城中漫无目的穿行,只有这样,才是对古城最大的尊敬。

每走几步,身旁就会出现头戴花环走在青石板上的姑娘,也许,这样的打扮,是每个来到凤凰的年轻女孩的梦想。

古镇·深陷温柔的生活

  小巧的吊脚楼矗立在前方不远处，与头戴花环的姑娘相得益彰。人们喜欢将凤凰的吊脚楼比作娉婷的少女，在沱江畔展示着极富苗家风韵的仪态。依江而建的吊脚楼群落，仅仅靠着一根根木桩，就能支撑起整座房屋，也支撑起一段沉甸甸的历史。陈旧的底色，丝毫无法掩饰它周身散发出来的原始魅力。

  支撑着楼身的木桩已经在江水中浸泡了百年，历经岁月的冲刷，却依然顽强地屹立。也许这就是苗家人深厚的民族文化底蕴，即便是最恶劣的自然条件，也会用顽强与智慧去战胜。

  跻身于吊脚楼群落中的夺翠楼，无疑占据了观赏沱江最有利的位置。它的精致与气派，出自著名画家黄永玉先生的设计。若干年前，凤凰的村民想要拆掉吊脚楼，重新建筑起新的楼群，身为湖南人的黄先生为此无比痛心，在他的极力呼吁下，吊脚楼终于得以保全。他亲自设计，仿照家乡老房子的样子修建了夺翠楼。

他不仅拯救了一个国家的一段历史,更是拯救了一个民族的印记。夺翠楼飞檐迭起的玲珑造型,夺走了身边其他吊脚楼的风采,甚至连山水在它的面前,都褪去了绚烂的色彩,成了它的陪衬。

沿着狭长的台阶拾级而上,进入三层三叠的夺翠楼之内,伫立于窗边,临窗远眺,凤凰古城的秀丽景色尽收于眼底。此刻的感觉,仿佛整个天地都与我融为一体,有那么一个瞬间,我甚至愿意就在凤凰古城的风情万种中彻底沉沦,再也不愿回到喧嚣的都市中去。

作家沈从文先生与画家黄永玉先生,一对表叔侄,成了凤凰古城最具文化底蕴的两张名片。横卧沱江的虹桥桥头壁上,镌刻着黄永玉先生所撰的对联,一旁的边城书社,连店名都来自沈从文先生的著作《边城》。

又名"风雨楼"的虹桥,承载着几个朝代更迭的历史,见证着胜负与兴亡。从明朝洪武年间,虹桥就已经成为凤凰人横跨沱江的必经之路,虹桥旁边,几位当地的老者结伴喝茶吹风,我羡慕他们,生活在别人梦寐以求的画面之中。

如今,伫立于虹桥的二楼,可以俯瞰整个凤凰。一条清澈的江水,在古老的吊脚楼之间缓缓地流淌,偶尔一条乌篷船经过,在水面划出阵阵的涟漪。不知该怎样去形容那种悠闲,只想安静地发一会呆,让头脑和心中的杂质在这一瞬间清空。

在虹桥上依然可以清晰地望见边城书社的身影,不知是不是一部书成就了一座城,心中的声音分明在提醒自己,我要沿着边城的轨迹,去探访沈从文先生的人生。

凤凰古城留下了沈先生的童年和少年时所有美好的光景,一座带有明清建筑风格的南方古四合院里,开启了沈先生的人生。古色古香的宅

院,每一个细节都体现出屋主人的匠心独具,小巧别致的镂花门窗,马头墙上的"独占鳌头",让这座宽敞的宅院处处盛满着文学素养,因此才会从这里走出沈先生这样一位文学才子,他笔下的凤凰,让每个世人都为之深深向往。

沈从文故居的每一样家具,都极其古朴而简洁,与众不同的是,它们散发着浓浓的书卷气息,匹配着主人身上浓厚的文学素养。沈先生一直深深地爱着自己的故乡,将童年的回忆当作最珍贵的宝藏。有多少人来到凤凰,是为了寻找心中的那个"翠翠"?有多少苗家人,被沈先生笔下流淌出的文化韵味深深感染?

虽然已经无数次拜读过沈先生的著作,在离开沈从文故居时,还是将一本崭新的《边城》收纳入了背包。这是一种对文化与文人的祭奠,曾经在脑海中反复演绎的故事情节,终于在这本书中再次重现。

第三章　湘黔风情·湘江绝北去 遍地满朝晖

再次踏上凤凰的石板老街,两旁喧闹的街市与千百年前的繁华遥相呼应。脚下的青石板路上,依然清晰可见一条条古老的车痕,印证着这条老街曾经的车水马龙。

相传,唐代贞观十三年,魏征巡视东海要塞,亲自登临凤凰城,在城门上亲笔题写了"宁海门"三个字。到了清代咸丰十一年,海州知府黄金韶在修缮城墙时,又在城门上亲笔题写了"古凤凰城"四个大字。历尽百年沧桑,四个大字依然古风犹存。

人们喜欢将这条老街称作"六朝一条街",因为这里记录下了凤凰古城浓郁的人文气息与历史的沧桑。石板老街贯通于凤凰古城的南北两道门,并不算太长的一条街,值得用脚步去细细丈量。

整条街的长度三华里又九十九步,因此当地人常说,凤凰古城"南头到北头,三里出点头。"甚至连当地的小孩子,也把这句朗朗上口的话语当作童谣来背诵。

如今,老街两旁的民宅大多已经变成了商铺,老街上熙来攘往的人群,丝毫没有愧对这里千百年前的繁荣。

走在石板路上,就像走在另一个时代,同样的人与景,却仿佛穿越到了不同的时空。街边的一间明信片店铺,吸引了我的注意,层层叠叠的明信片粘贴于墙上,写满了别人的故事。我被这样的氛围深深感染,挑选了两张明信片,一张写给现在,留在凤凰,一张写给未来的自己。

当未来的某一天,重新回忆起这段旅程,相信一颗温暖的心,还会重新回到这座弥漫着古朴风韵的小城里。

里耶·秦简里的传奇

　　湖南武陵山脉的腹地中,一座古老的城镇静静地坐落在湘、鄂、渝、黔四省交界之处。这里就是传说中的里耶古城,一片从秦简中发掘出来的神秘土地。

　　光听名字,就让人忍不住想要去探究它的来历。里耶,到底是什么含义,这也成了我此行最大的一个谜题。

　　里耶的古街古巷,亲自为我解开了谜题的答案。原来,"里耶"是土家族的方言,翻译成汉语,就是"开拓这片土地"。六千年前,土家人的祖先就已经先后在里耶聚居,时代的更迭渐渐改变了他们的生活方式,当土家人的渔猎生涯渐渐转变为农垦,"里耶"终于成为这片神秘而传奇的土地的正式名字。

　　闭塞的交通完整地保留了里耶古文化的原貌,这里奇特的自然风光和悠久的民族风情之中,隐藏了一个朝代兴亡的历史。六千年的风雨洗涤着沧桑的古城,曾经辉煌一时的大秦王朝,将太多的痕迹埋葬在了这里。

　　踏上里耶土地的那一瞬间,一声穿越千年的问好声回响于耳际,是风吹来了远古的问候,忽然间觉得,我与这片土地,仿佛有着一种难以言说的亲切与熟悉。

第三章　湘黔风情·湘江绝北去 遍地满朝晖

古街上，还完好地保存着里耶的历史与文化，街旁的每一栋建筑，都在尽情彰显着里耶独有的魅力。许多建筑已经无法知道它的准确朝代，即便是距离现在最近的建筑，也建造于民国时期。每一栋民宅与商铺，都保留着极具特色的原貌，看惯了城市中的高楼大厦，一栋栋木制的小楼反而更加独特与雅致。

"北有西安兵马俑，南有里耶秦简牍"，如此高度的一句评价，代表着里耶在历史上勾勒出不可忽视的一笔。这座建于战国年间的古城，足可以用历史悠久来形容，不过，到了西汉年间，战乱几乎将这座古城废弃。

原来历史真的曾经将里耶遗忘，并且一忘就是几千年。直到清代，古镇才得以重建，如今我眼中的画面，就是清代重建之后的遗风。

站在古街的中心，仿佛觉得自己离历史更近了一步，一颗心充满了对天地与时间的敬畏，被里耶厚重的文化气息一层又一层地净化与陶冶。

在古镇中，很难找到高于三层的建筑，每一栋古老的建筑上方，都雕刻着不同的图案，这是湘西古镇独有的符号，我的目光久久地被高耸的屋檐吸引，想要探寻出隐藏在那些图案与雕塑背后的故事。

独自一人感受一片陌生天空下的晨昏，是一种极其美妙的事情。我任由自己的脚步在古镇中漫无目的的行走，仿佛整个人都被拥抱在一种浓得化不开的历史墨色里。

许多纯木质结构的吊脚楼里，已经再也见不到有人居住的痕迹。许多吊脚楼的门前，已经挂上了"文物保护"的字样，只有门上悬挂的大幅彩色照片，还在无声地讲述屋主人曾经的辉煌，客厅中摆放着织了一半的织锦机，还在那里静静地等待主人。

古镇·深陷温柔的生活

　　那些依然有人居住的吊脚楼，家家户户门前都种着富有生命力的花草，屋内的干净与屋外的古旧形成了鲜明的对比，那些鲜艳的花草，是里耶人热爱生命的最好证明。

　　再长的路，也有走到尽头的那一刻。走完并不算很长的里耶古街，似乎光线也随着地域的开阔而变得明朗。面前出现的，是一座很大的"摆手堂"，和一个被土家人用来跳"摆手舞"的广场。

　　只要有土家人聚居的地方，就有"摆手堂"的存在，这里是土家人用来祭祀祖先的地方。每当春节过后或其他盛大的节日，土家人便会身穿节日的盛装，聚集在摆手堂前，不分男女老幼，都会在从事祭神的"梯玛"或掌坛师的带领下，挑起摆手舞，唱起摆手歌，用土家人独有的方式来表达欢庆。

　　从酉水大堤旁，吹来了阵阵凉爽的风。清风拂面，将本就舍弃了浮躁的心吹得更加平静。仿佛接收到了河水的召唤，脚步不自觉地向堤边行走。宠辱不惊的酉河水，已经在里耶的身旁默默守护了几千年，它们一同经历过繁华，也一同湮没于历史的烽烟，又一同像凤凰涅槃一般，幻化出崭新的生命。

　　河堤见证了里耶人日常的欢乐，声声二胡的曲调，是里耶的老人在河边自得其乐，孩子们玩耍嬉闹的声音是最美的和弦，一对情侣牵着手漫步河堤之上，这音乐与和弦，仿佛是专门为他们响起。

　　从未被污染过的河水还保持着千年之前的清澈，一位身着土家服饰的阿姨在河边洗着衣服。

　　古老的木棒在衣服上敲打出原始的节奏，这就是里耶的河水为何如此清澈的原因。没有化学原料的污染，肥皂和洗衣粉在这里几乎从不

古镇 · 深陷温柔的生活

第三章 湘黔风情·湘江绝北去 遍地满朝晖

被使用,每一个里耶人,都沉浸在原始生活的惬意之中,没有人惧怕劳动,也没有人想要将一切劳动都寄托在现代的发明之中。

有多久没有见到如此原生态的画面,我痴痴地看着那位阿姨认真洗衣服的背影。也许是我注视得太久,那位阿姨发觉了我的眼神。她转过头朝我友好地微笑,没有被打扰的怒色,纯净的眼神中,盛满了土家人的好客与热情。

坐落于酉水之滨的里耶古城遗址,埋葬着里耶几千年前的历史。37000枚出土的秦简,震惊了天下,也震惊了世人。它向整个世界打开了里耶紧闭了几千年的心扉。几千年来沉寂于古镇中的往事,也揭开了神秘面纱的一角。这就是历史的深邃,永远让人为之期待与敬畏。

一座深不见底的古井,是古城遗址中最大的"功臣"。工作人员将它称为"中华第一井",就是它将37000枚秦简收纳于"怀"中,用十四米的深度,隐藏了先秦历史的厚重。

一枚枚秦简让尘封千年的大秦王朝重新"复活",走在秦简博物馆中,鼻端仿佛还能感受到战争在酉水河畔留下的血雨腥风。

秦简是"会说话的兵马俑"。随着大量秦简的出土,曾经被称为"荒蛮之地"的湘西里耶,终于被洗刷了几千年来的"不白之冤"。秦简上的文字,分明记录着当时的历史,那些对秦朝和里耶的"污蔑",在秦简的面前,再也没有辩白的能力。

原来,如今看似闭塞的里耶,在古时竟然是兵家必争之地。虽然崇山峻岭几乎将这座小镇湮没,但它畅通的水路却直通中原,没有任何一路英豪,不为这条黄金水道动心。博物馆中那些依然散发着逼人寒光的青铜兵器,陪伴着多少在里耶战死沙场的英武之躯。

秦简上的文字告诉世人,战国时期,里耶就已经笼罩在秦国和楚

国交战的烽烟之中。可怜的小镇时而被秦国占有，时而又归入楚国的版图。更加戏剧性的是，里耶竟然是"朝秦暮楚"一词的真正定义者。

相传在公元前280年，秦国大将司马错、王翦率领大军越过乌江，进入酉水，挺进了楚国的腹地，牢固的里耶城门，终于抵挡不住秦军的强大攻势，随着楚国的灭亡，里耶也成了秦国的属地之一。

秦朝统一六国的壮举，却在历史的洪流中成了千古一梦。仅仅经过了两代帝王的统治，大秦王朝就已经轰然倒塌，随着秦朝的灭亡，里耶也在大秦的版图上销声匿迹。

此时再去回望那座出土秦简的古井，里面流淌着的不是甘甜的井水，那汩汩流淌的，分明是历史的声音。漆黑的井口仿佛一条时间隧道，由此深入，就能解开一个个纠结了千年的谜团。

里耶的兴衰，在博物馆中被"复活"成了一幕幕鲜活的场景，历史的画面在悠扬的古乐声中一一重现，原来千年之前的里耶，不像如今这样安静，它有着繁华的集市，有着在平静的岁月中生活出一派祥和的百姓。

然而画面一转，战马开始嘶鸣，士兵开始呐喊，曾经的兴盛在昼夜之间转变为衰败与残破，站在镜头前的我，竟然成为了这一场兴衰的见证者。我仿佛已经与几千年前的里耶融为了一体，亲身感受着一次次的战火洗礼，亲自背负着被历史湮没的无奈。

当迈出博物馆的大门，里耶再一次迎来了它的黄昏。夕阳西下，天际呈现出一抹好看的粉色，黛色的屋檐在淡粉色的背景上翘立，刚刚从"战火"中走出的我，不禁沉醉于里耶如今的平静与安逸里。

芙蓉镇·吊脚楼的老故事

　　心情如同闲云野鹤般在古镇中穿梭，点点馨香在心头滴落，虽然已从一处处古老的村寨中收获了一次次的醉意，内心却还是憧憬着一份挥抹不去的缱绻。

　　如果说是作家沈从文成就了凤凰，那么导演谢晋则成就了芙蓉镇。跟随着电影中的画面进入这座两千年历史的小镇，映入眼帘的，是一派幽静古朴，安逸闲适。

　　一部电影《芙蓉镇》，引来了世人的关注，也让这座本名叫"王村"的小镇改变了名称，带着满心向往来到这里，迎接我的是一派秀丽的风景和浓郁的民族风情。

　　这是一处挂在瀑布上的古镇，巧妙地规避了商业化的氛围，依然保留着土家人独有的文化气息。相对于那些被过度开发的古镇，芙蓉镇收敛了在外界的名气，这反而成了它的优势，少了许多喧闹的人声，让徜徉在其中的一颗心渐渐找到久违的平和。从瀑布流下的水流声哗哗地冲击着耳膜，反而让整座小镇显得出奇的安静。

　　不愿让脚步匆匆地从古镇的街巷中一带而过，我想要用一个昼夜的时间，与它一同分享瀑布之下的静谧。我在临河的吊脚楼为自己精挑细选了一处住所，余下的时间，可以让整个身心与芙蓉镇来一次亲密接触。

古镇 · 深陷温柔的生活

　　见惯了城市中的柏油马路，也邂逅了许多青石板与石子铺就的小镇街路，乍一见到芙蓉镇中青砖铺就的地面，我的眼前还是不免为之一亮。千百年的风霜为青砖地面上笼罩了一层青苔，让整个小镇显得那样古朴而安静。老旧的青苔似乎是历史的风云送给古镇的礼物，它用最低调的陪伴抚慰着青砖路面寂寞的心灵。

　　河畔吹来的微风，染黑了一座座古宅的围墙，许多花草的种子，在墙缝中找到了一片生存的"沃土"，墙壁上横向生长出一株株碧绿的植物，成为一片黛色中清新的点缀。

　　南方的小镇中，即便是少了水的渲染，也不会少了绿树的掩映。一片片苍翠旺盛的绿意，缤纷了古镇的色彩，也净化了古镇居民的心灵。

第三章 湘黔风情·湘江绝北去 遍地满朝晖

似乎每一座超过千岁高龄的古镇，都在无形的历史中留下了有形的见证。一根重达五千斤的铜柱，铸就了芙蓉镇千年之前的战火与和平。

相传唐代末年，马殷父子占据了湖南地区，号称楚王。当地的数万名少数民族人士，因反抗楚王的统治，与楚王交战，最终两败俱伤，双方只好停止交战，握手言和。他们铸造了一根高二尺，重五千斤的铜柱为证，八面中空的铜柱中，被铁钱填满。双方将战争的经过和议和的条款镌刻在铜柱之上，将铜柱矗立于边陲之地，各自划清所瞎管的地域，从此互不侵犯。

土家族人将铜柱视为神柱，镌刻在铜柱上共两千多字的"复溪州铜柱记"也成为古代民族关系的珍贵史料。而一座座土家族吊脚楼古建筑，则见证着土家人由古至今的文明。

吊脚楼是许多少数民族的传统民居，一座座依山而建的吊脚楼，沿着传统的"阵型"，组建成一个个吊脚楼群落。古代吊脚楼的格局，讲究"左青龙、右白虎、前朱雀、后玄武"，其实演变成现代的居住格局，就是坐西向东，或坐东向西。

土家人在吊脚楼中居住，在吊脚楼中生活。因为山中场地有限，于是聪明的土家人将有限的场地无限地利用，或依山而建，或立水而居，房子下面支撑的吊脚，更是有效地增加了居住面积。

此情此景让我的脑海中回荡起阵阵歌声："小背篓，晃悠悠，笑声中妈妈把我背下了吊脚楼。"眼前仿佛浮现出一幅画面，身着土家服饰的女子将嗷嗷待哺的婴儿装入背篓，一步一步小心地走下吊脚楼。这是今时今日再难见到的场景，现代文明改变了土家人的生活方式，不知这样的进步是值得高兴，还是值得悲哀。

人们将湘西称为"背篓上的湘西"，背篓也成了每家每户必不可少

的一种物件。土家族的女子在出嫁时,妈妈都要送给女儿一个背篓作为陪嫁,背着背篓的土家女子,也成为这里一道独特的风景。

　　一座座吊脚楼看似悬在半空,又并非完全悬空,人们将这种建筑称为"半干栏式"建筑,悬挂在山壁上的吊脚楼,也成为观看大瀑布的最佳位置。

　　瀑布是上天赐予芙蓉镇的一道美景,一道瀑布汲取了岁月的精华,从悬崖上倾泻而下,从这座千年古镇的中间穿镇而过,那浩大的声势,让每个人都在不禁在它的脚下臣服。瀑布倾泻之处,一道彩虹在水花中若隐若现,为瀑布披上了一层七彩霞衣。

　　我忍不住向这梦幻般的美景靠近,调皮的水花随着微风溅入我的发丝,亲吻我的脸颊,带来丝丝凉爽,心情变得前所未有的舒坦。循着瀑

第三章　湘黔风情·湘江绝北去 遍地满朝晖

布飞流直下带来的轰鸣巨响，我鼓起了极大的勇气继续向前，想要探究瀑布后面的别有洞天。

一座土司行宫，就隐藏在瀑布的水帘之后，穿过瀑布后面的水帘道，这座历代土司避暑消夏的行宫就呈现在眼前。当年富甲一方的土王建造了这座行宫，瀑布从行宫面前飞流直下，震耳欲聋的响声，仿佛在与土王的气势相映衬。

整座行宫中依然散发出古朴的气息，全木质的结构，让身处其中的人，哪怕在炎夏也能收获一抹清凉。一条条粗大的原木以楔卯相互接合，经历百年风霜，依然结实而坚固。

一座酉阳宫，成了芙蓉镇的魂，这里融合了土家工匠独特的创作智慧，百年之前的能工巧匠，将土家的建筑文化与自然景观完美的融合，墙壁与门窗上，一个个精美的镂空雕刻，美观而实用，阳光与凉风从镂空的雕刻中穿过，伴随而来的，是一片明亮与清凉。

旧时的土匪，更为酉阳宫增添了一抹传奇的色彩。侧面是悬崖峭壁，前面是飞瀑倾泻，这样一座如同人间仙境般的行宫，被土匪们觊觎了很久。土匪们将这里霸占之后，将其称为"飞水寨"，这座曾经的土司行宫，就此变成了土匪头子商议要事的处所。土匪与酉阳宫之间的故事，渐渐演变成了一部家喻户晓的《乌龙山剿匪记》，剧中的精彩场面吸引了多少观众，却很少有人知道，到哪里才能与剧中的画面来一次重逢。

离开了酉阳宫，我从瀑布下方的入口进入一座岩洞，土家族的祖先们曾经在这里繁衍生息，目测一下岩洞的大小，居住千人应该不成问题。这又是一处大自然的造化，硕大的岩洞并非人为雕刻而成，而是千百年来的水涨水落，带来大量的淤泥积压出岩洞的形状。

古镇·深陷温柔的生活

古书中记载,洞中最早的土家族人,披散着长发,打着赤脚,身上披着兽皮,并不会说汉语,他们之间的交流方式,有些像鸟兽的语言。是一批逃避先秦战乱的人,在岩洞中休息时,发现了这些土家族人。善良勤劳的土家族人,很快就接纳了这些避难之人,他们一同生活,一同劳作,甚至齐心协力开凿出了一条古老的栈道。

土家族人将善良勤劳的品格代代相传,直到如今,行走在芙蓉镇的大小街路上,还是可以看到土家族人劳作的身影和脸上挂着的友好笑容。

才子与美景总是如影随形,如此壮观的瀑布,自然少不了文人的题字。明代的唐伯虎,现代的沈从文,都在此处留下了诗词墨宝,我仿佛能够想象出他们挥毫泼墨时神采飞扬的表情。每个才子都有一颗被尘世封锁的心,瀑布的壮观既然可以让怀才不遇的他们感到释然,我又何必

第三章　湘黔风情·湘江绝北去 遍地满朝晖

为一些奢望而执着？

沿着酉水岸边的渡船码头，我的脚步踏上了芙蓉镇古老的五里石板街。几千年的历史变迁，被这条石板街一一见证。这里曾经是一派繁荣景象，在清代乾隆年前，世人更是将这里称作"小南京"。

如今的五里石板街，依然沿袭着往日的繁荣。曾经古色古香的商品，已经随着时光的变换，变成了崭新的样式，可件件商品，都依然没有摆脱古镇的特色。从石板街上拾阶而上，仿佛置身于电影《芙蓉镇》的场景之中，一种奇妙的风味油然而生。

一片空旷的芙蓉广场，每到秋季，便会迎来土家族人最欢快的节日。每到这时，土家族人便身着稻草和树叶，在广场上欢快地舞动起"毛古斯舞蹈"，关于这种舞蹈，还有一个美丽的传说：

远古时期的土家族聚居地，遍地荆棘，土家族的祖先只会上山打猎，下河捕鱼。一位土家族的青年独自下山，学会了农耕的技能。他急急忙忙赶回家乡，想要把农耕技术教给族人。遍地的荆棘将他身上的衣服剐成了碎片，当他衣不蔽体地回到山寨，寨中的族人正在跳摆手舞迎新年。急中生智的他将茅草披在身上，加入到跳舞的人群当中，并用跳舞的形式，向族人传授农耕技能。"毛古斯舞蹈"便是为了纪念这位小伙子演变而来。

我并未欣赏到"毛古斯舞蹈"的盛况，只能在脑海中幻想出热闹的场景。远处渐渐暗淡的阳光，提醒着我该踏向归程。回到早已预定好的住所，瀑布水流的冲击声再次重现耳畔。一轮红日慢慢从雾气缭绕的远山后面消失不见，哗哗的瀑布流水声，陪伴着我一夜安眠。

张谷英村·三江汇聚 钟灵毓秀

在中国，有时候，古老的村落甚至比古镇更加迷人。湘北的土地上，一座被群山环绕的小村坐落在盆地中央，一千七百多座明清时期的古老建筑，就在那里静静守望了六百多年，从未向往繁华，只等待世人有朝一日，发现它们诱人的风情。

张谷英村也许是诸多古村中最奇特的一座，它在世上隐居了几百年，却坐拥着"天下第一村"的美名。

听惯了"张村""王村"这样以姓氏命名的村落，却第一次听说用完整的人名命名的地方。也正因为如此，我产生了想要"一睹芳容"的冲动，我想要看一看传说中古村的绝美风景，更想去访一访，究竟是何等伟大的人物，随着这座古村，让自己的名字在别人的口中流传至今。

脚步行走在路上，心却已经飘到了想去的地方。张谷英村曾经闭塞的山路，也随着它与日俱增的名气而渐渐顺畅。

漫长的路途在脚步的丈量下渐渐缩短，抬头望去，幕阜山已经出现在了不远的前方。一片浓绿从远处望去，为山脉涂上了一层漆黑的底色，直到走到近前，浓浓的绿意渐渐变成满目青翠，一下子化解了周身的疲累，心也随着油油的绿意变得豁然开朗。

四面青山点缀了坐落在盆地之中的一大片青瓦灰墙，那里是一座座民居,也是一栋栋古宅,山上的翠竹与山下的田野相互掩映,田野之中,潺潺的溪水在欢畅的流淌。这里仿佛成了一处人间难寻的山清水秀,就连溪水与河水,都在同一片土地和平共处,相得益彰。

一条渭溪河从村头穿到村尾,流淌出蜿蜒的形状,几十座大小不一的石桥从河上跨过,人们无数次从一座座石桥上面经过,却从未有任何一个人,忍心破坏这里最原始的风貌。

踏上溪旁长廊里铺就的青石板路,也就意味着与张谷英村正式邂逅。脚下的青石板路成为了古村的"主干道",从这里可以走向任何一条巷口,通往任何一户人家。村中一座座相连而建的房屋,从未刻意地整齐排列,就那样随性地建在溪流之上。

小溪从每户人家的门前流过,形成了"溪自阶下淌,门朝水中开"的奇特景观。住在这里的居民骄傲地告诉我,行走在长廊中的青石板路

上,"天晴不暴晒,雨雪不湿鞋",仿佛居住在古村中,就是他们此生最大的快乐。几百年来,张谷英的后代族人,始终遵循着日出而作,日落而息的古老规律,如同迷宫般纵横相连的古屋之中,依然流传着张氏先祖亘古不衰的遗训。

一路的谜团终于在村中找到了答案,原来,明代洪武年间,三个江西人迁居到湖南,沿着幕阜山脉一路行走到此处,三个人分别叫作张谷英、刘万辅、李千金。颇通风水学说的张谷英一见到这块风景优美的盆地,马上决定在此地定居。他按照风水选择了三块宝地,并让两位同伴先挑。

刘万辅渴望四季发财,于是选择了一块主"财"之地;李千金渴望步入仕途,于是选择了一块主"仕"之地;留给张谷英的那一块是主"丁"之地,寓意着人丁兴旺。

三位好友在自己挑选的地面上建造起一间间住宅。他们的后人在此地一代代繁衍,形成了一个古老的村落。果然,一户发财,一户做官,张谷英一脉因为人丁兴旺,成了当地的名门望族。为了纪念这位张氏的先祖,张谷英的名字,也成了这座古村的名称。

到如今,一座座高墙幽巷中,一间间古宅依然完好地矗立在原地。最早的宅院已经可以将历史追溯到明代,即使"年轻"一些的宅院,距离如今也有百年之遥。坚硬的花岗石成了古宅坚固的基础,正因如此,历经百年沧桑,还依然保留着最初的模样。

我静静地沐浴在古老的氛围中,鼻端的空气前所未有的清澈,这是大自然最美丽的恩赐,任何的奢求在此刻都显得那样微不足道。

当大门、王家塅、上新屋三大古屋形成的建筑群,成为整座古村主要的建筑群落,它们仿佛是古村的守卫者,东、西、南各据一方,保卫

第三章 湘黔风情·湘江绝北去 遍地满朝晖

着一个方向。如果单看建筑的外形，不熟悉地形的人一定以为自己一直在原地打转，然而，虽然有着相似的外貌，每座建筑群的"内涵"却别有洞天。

一座座门庭大小不一，却各自相连，无一例外地有着过厅、会客堂屋、祖宗堂屋、后厅、厢房、耳房与天井。无数个"井"字构成了古村独特的格局，百年风雨没有侵蚀掉古屋的一砖一瓦，就连摆放在其中的木雕石刻，也从未因时光而苍老了容颜。

村中的居民从未因交通的闭塞而变得无知，"重教育，兴礼义"正是祖先遗训中的一句。因此，村中的后人始终将孔孟奉为圣人，将读书作为荣耀，将无知作为耻辱，更是有许多村中精英文武兼通，勤奋好学的风气，一直延续到如今。

当地的居民已经习惯了游客的不请自来，从不会阻挡陌生人进屋参

观的脚步,更不会投来异样的眼光,他们自顾自地生活,我肆无忌惮地游览,淳朴的民风,让深宅大院中的一砖一瓦都有了生命的灵气。

有些朴实的居民说,只有上当的游客才会来这样一个"破旧"的村子参观。我不禁微微一笑,生活在其中的他们,已经将这片美景当作了生活中的日常,浑然不知这些明清时期的一砖一瓦,保存了古村隐秘的美。

涓涓的溪流环绕着当大门古屋的门墙,也许大门旁边的两个大门当,正是这座半月形建筑名称的由来。庭院中,过道两旁两个不大的小水池,立刻吸引了我的全部注意。当地人将庭院中的水池叫作"烟火塘",池中的存水为古屋未知的火患做足了准备。

似乎当大门古屋的建造者对数字"五"情有独钟,五个天井,五间堂屋,构成了"五井五进"的典型格局。村中的居民已经将这里当成了

第三章 湘黔风情·湘江绝北去 遍地满朝晖

祭祀活动的场所,每当节庆时刻,张谷英老先生的塑像面前,就会呈现一派隆重的祭祀景象。每个参加祭祀的人,都要身着长袍,头戴礼帽,用古老的仪式,传承着古老的文明。

中华民族五千年的智慧结晶,总是在建筑上得到完美的体现。一座全村最大的天井,将美观与实用结合于一身。它将排水与采光通风的重担同时挑在了自己肩上,为天井中央花坛中的花草,争取到一米阳光。

花坛的花岗岩围栏和大理石地面,历经几百年风吹日晒雨淋,丝毫未走样。村中的老人在花坛四周围坐聊天,一壶清茶品出了人生的清香。那份欢乐与悠然,让我为之感染,为之动容。

不同的人在张谷英村都会获得不同的感受,有人觉得这里太小,也太旧,我却觉得整个小村仿佛一位久违的朋友。走出古屋,我随着心灵的指引信步走到古村的正中,横跨渭溪河上的"百步三桥",与两岸古老的村屋与桥下蜿蜒的流水交相呼应,动的流水与静的石桥,让整个画面都显得那样空灵。

这座建于清代嘉庆年间的石桥,全长才不过百步,三座石板搭建在石桥之上,共分九段,每段都有三块条石,精心地将"张谷英"三个繁体字的二十七个笔画寓意在其中。因此,石桥又称"张谷英"桥,在桥上行走,仿佛漂在水上,我并未因此感到不安,反而觉得石桥与水流美好得是那样天衣无缝。

这就是张谷英村,一座在世界上矗立了几百年的古老村落。它如同被群山呵护的一朵花,盛开在盆地之中。它有一种与生俱来的魅力,让来到这里的人,从进入的那一刻起,就已经不忍离去。

云山屯·大明梦悠悠

夏风荫蕴出一片枝繁叶茂，一路翻山涉水，古老的美景始终形影相随，不肯离去。在黔中安顺地区，有一座建于明代的屯堡，那里有古朴的民居，神秘的寺庙，坚硬的屯门、屯墙与屯楼，还有着江南建筑细节中独有的风韵。那里就是云山屯，一本"屯田文化的百科全书"，一座"屯堡文化地面博物馆"。

因为位于黔中地区，云山屯自然有着黔中地区特有的风情。云贵高原的丘陵上，可以利用的土地十分稀薄，然而源源不断的清澈水源，洁净了黔中地区一切生命的底色。

一片方圆十一平方公里的青山绿水，就是我即将要探访的那片美景。明代初年，征南的大军将那里作为屯驻的核心区域，在这片青山绿水中建立起八个村寨。八个村寨看似随性坐落，却在暗中分布有序，看似毫不相连，却保持了最得当的疏密距离。既可各自为战，又可彼此援助，与其说是一片村寨聚居地，不如说是一片兵家防御体系。

云山屯本是云峰八寨其中之一，却因为将屯堡文化完好地保存，成了云峰八寨中最璀璨的一颗明珠。

我以为，见到云山屯的第一面，会看到一派毫无柔情的坚硬，然而，随着脚步渐渐靠近，最先看到的，竟然是一幅小桥流水的田园风

第三章　湘黔风情・湘江绝北去 遍地满朝晖

景。一片绿油油的水稻为这座石头铸就的堡垒平添了几分生机，有了这一抹绿意的点缀，前方坚硬的石头寨墙与碉楼，似乎也显得不那么冰冷。

整座云山屯，就好像一颗"椰子"，坚硬的寨墙包裹的，竟然是一颗柔软的内心。一座座鳞次栉比的四合院，分明是在江南才能看到的民居，错综复杂的小巷条条相连，从任意一户人家，都可以直接通往另一户人家。

云山屯就是为了屯驻而建，就连民居与巷弄，都包含着便于巷战的兵法，正因如此，这里也成了冷兵器时代最后的见证。

相传在明代洪武年间，朱元璋派遣大军攻打云南梁王，当云南被大军攻克之后，为了巩固边陲，贵州安顺一带就成为了明朝大军的驻扎地。来自北方的兵士，在南方戍兵屯田，自给自足。因为担心现有的屯

107

第三章　湘黔风情·湘江绝北去 遍地满朝晖

兵力量薄弱，朱元璋很快又调遣了第二批兵士来到这里屯田聚居，由兵士们亲自建造起的民屯，也就成了如今的"堡"。

兵士们带着家眷，在屯中居住，和平时期便垦荒耕种，遇到战事便拿起兵器出征。六百年的沧海桑田，没有将当初的遗迹吹散，一座座古老的建筑，依然保留着当初生活的遗风。

数不尽的碉楼，在无声地证明着云山屯军事城堡的身份。手掌轻拂上坚固的寨墙，隔着掌心，依然可以感受到历史的厚重。

前后两座木制屯门，连接上巨石垒砌而成的长达千米的寨墙，将整座云山屯严密地防守起来。七八米高的寨墙，成了一座难以逾越的安全屏障，寨墙的厚度达到两米，想要推倒寨墙达到侵犯的目的，简直就是一种奢望。

不知有多少炮弹从寨墙上镶嵌的炮眼中发射出去，如今，沉寂的炮眼已在岁月中老去，也许它已经忘记了自己曾经的辉煌，屯中的居民再也不需要它的守护，不知道此刻的它，内心中是对太平盛世的满足，还是"廉颇老矣"的悲凉。

寨墙上层层叠叠的垛口，在讲述一个金戈铁马的故事。在修建的最初，寨墙上的垛口并不是这般模样。明朝正德年间的那一场战火，曾经无情地将寨墙摧毁，直到清代，重新修建起来的寨墙才拥有了如此之多的凹凸式垛口。这仿佛也验证了战争与和平之间的辩证关系，战争可以摧毁某件事物，却也可以让它变得更加进步。然而战火总是无情，每一次的进步，总是免不了用无辜的百姓作为牺牲。

重新加固的屯门和寨墙，终于在面对另一场战争时发挥了作用。清代年间，一众土匪前来攻打云山屯，屯中的百姓依靠着寨墙上的防御自卫，那些翻过寨墙的土匪，全部在屯中丧命，那些没有翻过寨墙的土

古镇·深陷温柔的生活

匪，只好落荒而逃。

村民的胜利并非偶然，即便是日常，屯中也会有哨兵放哨，两扇木制的屯门只在白天打开，晚上则会紧闭。一旦遇到特殊情况，哨兵就会敲响战鼓，作为防御战争的信号。每到此时，每家每户都会成为防御的堡垒，屯中居住的村民，也早已将战争与防御的理念，融入了血液之中。

走过了卵石铺就的三江鼓楼坪，踏过了青砖铺就的芙蓉镇老街，在按照江南风格建造的云山屯，终于又找回了青石板铺设而成的街面。不足千米的古街，却被历史生生地分割成了三段。

前一秒钟还在明代的建筑与人文中徜徉，后一秒钟一不小心就踏入了清代的建筑景观，还未来得及深深探究清代文化的残留，民国时期的建筑又在不远的前方等待着我的探望。当地人将这条古街称作"明清一条街"，这里也成了云山屯中最繁华的一处所在。

第三章　湘黔风情·湘江绝北去 遍地满朝晖

与古街相连的一条条小巷，远远比不上古街的华丽与气势，然而，就是这些不起眼的小巷，却成就了一张攻防相济的大网。它与每家每户的宅院和碉楼巧妙地相连，屯中的居民可以在每一条小巷中闲庭信步，外来的侵略者则将这里当作无路可走的迷宫。

现代人总是将人类当作最强大的征服者，总是想将自然雕琢成自己想要的模样。古人却懂得"屈就"于自然。因地制宜地改造着生活中的一切。古人修建出的古街，不似现代社会一条条平整的街路，而是随着地势起伏，铺就出时上时下的坡路。古街两旁的店铺，还保留着当年的古韵遗风，用黔中地区的文化，展示着明代的江南。

旧时最兴旺的德生昌药铺，残存的建筑仿佛依然不肯忘却曾经的繁华。无论任何朝代，就医总是成为偏僻村镇中最大的困难。然而在这座由明代将士建造起的堡垒中，却有着这样一间丸、散、膏、丹一应俱全的药铺。许多药品就连在稍大一些的城镇中也无法买到，可见当时屯中的百姓，是多么为德生昌药铺而自豪。

如今，古街上的几十间商铺依然保持着原本的面貌，在商铺中经营的商人们，依然小心翼翼地保护着古建筑的一砖一瓦，店铺中出售的茶叶与蜡染，已经再也不是古时的样貌，然而店铺中马蹄形的铺台、依稀可辨的雕花图案，依然展露着古街迷人的风情。沿着古街，仿佛能够走进一个朝代，那里的一切，都不会跟随着时光匆匆地流逝。

我曾一度将爬山当作对整个身心的挑战，然而肉体最终没有战胜灵魂，对美景的渴望胜过了身体的疲累。脚步随着山路不断向高处攀升。爬到高处俯瞰云山屯，浓缩的风景，仿佛古人在几百年前用笔墨勾勒出的一幅绝美风景图，每一滴笔墨，都是岁月的见证。

一座云鹫寺，就坐落在云鹫山的山顶。乍一看去，隐藏在古树背后

III

古镇 · 深陷温柔的生活

的寺庙,仿佛光线在面前折射出的一道幻影。一不留神,双脚就会踏上石阶上的青苔,青苔上留下鞋底的印记,证明着我与这座寺庙确实在现实中相逢。

一条条飞舞的巨龙盘旋在屋檐和柱子之上,仿佛随之将要一飞冲天,隐入头顶的云层之中。一缕清风送来了几声古刹钟声,寺庙里的钟,是清规戒律的象征,没有人能够随便亵渎它的神圣,古老的钟声让我几乎忘记自己身处何年何月,不知再次俯瞰山下的屯堡,是否还能见到当年的刀光剑影。

云鹫寺门前的七百级石阶,考验着来访者的体力,也考验着来访者的虔诚。腿上传来的酸痛也在拷问我的内心,究竟为何要爬上山巅,是为了走马观花地观景,还是更好地接近云山屯的灵魂?

此时终于将在屯中听到的传说与现实对上号，这七百级石阶，是由寺庙中最初的师徒二人修建而成。最初的云鹫寺，不过是一间简陋的茅草庵，寺庙中没有僧众，只有师徒二人。修建石阶，被他们当作了默默的修行。当师徒二人离世之后，村民将他们安葬在了后屯门外，两座墓碑，寄托了村民无限的哀思。

不断的攀爬，终于让我感到了些许疲累。却并不想在石阶上落座，因为不愿破坏寺庙的庄严。我用手掌抚摸着石阶，上面还留有阳光的温度，山中的微风徐徐吹入内心，耳畔仿佛聆听到从远古穿越而来的梵音。

第四章

梦行徽州·一生痴绝处 无梦到徽州

宏村·耕读人家

  在安徽黄山，有一座被河水环绕的村落。一条并不算宽阔的公路，将我直接带到河水的面前。河中的水禽在自在地游来游去，随手撒下一把鸟食，霎时引来水禽的相互争抢。最原始的欲望带来最简单的快乐，只要有一口吃食，就能让它们欢快地扑腾起翅膀。水鸟的可爱让我不禁哑然失笑，带着笑意的眼角不经意瞥到一座小桥，直觉告诉我，那里是通往"画卷中的村庄"的入口。

  一直对徽州小村的画卷心生向往，在出行之前，好友曾一再劝我，如今的徽州小村，已经被渐渐商业化，也有人劝我，看小村的愿望虽然美好，却很可能变成只看到如同海浪的人潮。我却依然固执己见，内心中最真实的声音告诉我，我要去往宏村，九百年前便已经存在的一幅泼墨画卷。我坚信，只要放慢脚步用心体会，一定可以在一片浓墨重彩中寻找到美好。

  从宋徽宗年间，古时的歙州便正式更名为徽州，从徽州走出的徽商，从明代时起，称霸了中国商界五百年的历史。自古以来，"无徽不成镇""徽商遍天下"的说法就传遍了大江南北，作为徽商发源地的徽州，用千年酝酿而成的文化底蕴，造就了一座座徽派建筑形成的古村。

  一座半月形的池塘，有着一汪碧水，背靠连绵起伏的山脉，四周的

第四章 梦行徽州·一生痴绝处 无梦到徽州

徽式古宅,在水面投下若隐若现的倒影,大红色的灯笼悬挂在湛蓝的天空之下,无须渲染,天生就是一幅水墨画卷。

人们将这座半月形的池塘称为"月沼",相传在明代永乐年间,宏村中发现了一处天然泉水,不分冬夏,泉涌不息。村民汪思齐请风水先生为整个村落勾画了一张水系蓝图,将泉水九曲十弯地引入村中,建立起这座池塘。池塘中的泉水成了宏村村民的生命之泉,无论饮用、抑或洗涤,甚至防火救火,都要依赖这一湾塘水。

据说,在池塘修建的最初,汪思齐想要将池塘修成圆月的形状,他的妻子却认为,"花开则落,月盈则亏",建议只挖成半月形,寓意凡事皆留有余地。于是,便有了月沼如今的模样。

从建立的最初,宏村便是汪姓家族的聚居之地。整个村庄依水而建,背后的青山阻挡了山风入侵,汪氏的先祖从九百年前就已经懂得了先建水系,后建村落的道理,这一独特的构思赋予了整个村庄以灵性,似乎没有哪个村庄像宏村这样,将风水学的原理应用到极致。

整座宏村,被规划成了一头"卧牛",苍翠巍峨的雷岗便是"牛首",两棵参天古木,形成了天然的"牛角",错落有致的民居,形成了庞大的"牛躯",这座半月形的月沼,就形成了"牛胃"。

将泉水引入村落的水流,绕过一幢幢古宅,宛如"牛肠"。水流通过"牛肠"进入每家每户,常年流水不绝,正所谓"浣汲未妨溪路连,家家门前有清泉。"一道道砖石雕镂的矮墙,一座座黛瓦白墙的庭院,用假山、果树、水榭长廊营造出一派人间仙境,宏村的居民足不出户,便可收获一片世外桃源。

溪上架起的四座木桥,便是宏村的四个"牛脚",然而,这却并不是"卧牛"的全部。当整座宏村初具雏形时,风水先生再次想到,牛会

古镇·深陷温柔的生活

反刍,因为牛有两个胃,于是,为了映衬月沼,百亩良田被挖掘成了另一个"牛胃",人们将其称作"南湖"。

不知宏村的发达,是否因为绝佳风水的"照顾",不过,光是这一派山水相接的湖光山色,就足矣让清秀的宏村获得世人更多的关注。

波澜不惊的南湖,如同一面镜子,安静地呈放在村口。它的形状更像一把弓,对面是弦,横跨湖面的小桥,便是那支即将离弦的箭。阳光与温度配合得如此完美,村中的居民坐在湖畔聊天乘凉,痴迷于艺术的人们则不住地按动着快门,挥舞着画笔。

然而,无论是相片或是画作,都无法感知南湖的灵性,只有慢慢地行走,静静地聆听,才能懂得它是如何的醉人。

黛瓦白墙与莲池孔桥相映成画,也许就连江南山水在这样一幅

第四章 梦行徽州·一生痴绝处 无梦到徽州

如画美景面前,也会自愧不如。阵阵微风吹过宁静恬淡的山村,树叶在耳边窸窸窣窣地呢喃,摇晃的树影跌落湖中,被湖面定格,如同一幅南方的织锦,既羞涩,且浪漫。

徽州人对读书与做官的重视,丝毫不输于经商。人们常说,徽商的特色之一便是"贾而好儒",一面经商,一面学习孔孟之道,无论再小的徽州古村,都不会对教育产生轻视,由此才有了"十户之村,不废育读"的说法。

徽商将经商赚来的财富,毫不吝啬地投入到了后代的教育方面,明代末年,宏村人就已经在南湖的北畔建造起六所私塾。当地人将六所私塾统称"依湖六院",传统的徽派建筑中,散发出浓厚的书香氛围。

古镇·深陷温柔的生活

清代嘉庆年间，六所私塾终于正式合并且重建，村民口中的"依湖六院"也正式变成了"南湖书院"。一棵百年古松，为书院装点出古朴的文明。曾经的六所私塾，如今都有了单独的使命：志道堂用作先生讲学，文昌阁用作学生瞻仰膜拜孔圣人文位，启蒙阁用作读书，会文阁用作学子阅读四书五经，望湖楼用作观景休闲，祗园用作内院。

玲珑的假山映衬着一湖碧水，一座座百年建筑矗立在湛蓝的天空之下，凝聚着中国人教化子孙的传统缩影。目光凝视着远处的山岱，心中却随着湖水的微波，荡漾起阵阵涟漪。

浓厚的文学氛围弥漫在书院的各个角落，柱子上悬挂着一副副对联，其中一副写道"古今来许多世家无非积德，天地间第一人品还是读书"，另一副则写道"斗酒纵观廿四史，炉香静封十三经"，原来宏村

第四章 梦行徽州·一生痴绝处 无梦到徽州

人不仅有着好学的品性,还有着文人的闲情逸致。

书院中的门窗、廊柱与木雕,无时无刻不在体现徽派建筑的艺术特色,轻易便能让人为古代建筑的技艺所折服。呈现在眼前的一排排桌椅,让我的脑海中浮现出一群孩童端坐,摇头晃脑地跟着先生念书的场景。在慢慢的行走当中,似乎想一想曾经的琅琅读书声,也是一种惬意的享受。

在古时,只要是汪姓子孙,均可以免费在书院中读书。我不禁对这一缔造宏村的氏族产生了十足的好奇。在月沼北畔的汪氏宗祠中,似乎能够找到我想要的答案。

这是村中仅存的一座明代建筑,宗祠中的梁架、月梁、雀替、叉手,无一不是它来自明代的最好证明。与其说这是一座建筑,不如说是

123

一个艺术品，它的存在，证明了汪氏一族在宏村的重要地位。

这里果然没有让我失望，从祠堂中的介绍与汪氏后人的讲述中，我终于了解到这个氏族的前世今生。建立宏村的汪氏族人，是唐代越国公汪华的后裔，虽然宏村建立时，历史的车轮已经滚动到宋代，然而汪氏的后人，无论男女，都有着越国公的遗风。

汪氏的男子曾经远赴千里之外经商，留在家中的女子汪氏便全心全意打理家事。这位知书达理又有远见的女子，设计并建造出如此庞大的一处建筑群，一座座宅院成了传世古宅，造福了无数子孙。

因此，汪氏宗祠中除了悬挂三位先祖的画像，女子汪氏的画像也挂在其中。按照中国自古的规矩，女人一般不允许进入祠堂，然而女子汪氏的画像，象征着后人对她创下的丰功伟绩的歌颂。

汪氏宗祠的门楼上雕刻着精美的砖雕，"恩荣"和"世德发祥"两个字幅被环绕在砖雕正中。朱笔写成的大字，证明祠堂的存在，是有着皇帝的授意。整座建筑充斥着一种协调的美感，无论是其中的布局或楹联，都散发出厚重的文化底蕴。我不免为宏村的文化积淀而惊叹，将朴素与华美集于一身的祠堂，像极了徽州人低调中略带张扬的个性。

行走在这座被时光洗礼过的村落，那些历史留下的印记都是如此的迷人。我与宏村的初遇，美好得足以让人嫉妒。

街巷中的老者，安逸地坐在低矮的竹椅之上，沿着街巷再次走到月沼身旁，天上忽然下起了淅淅沥沥的小雨，池中的鸭子在雨中欢快地嬉戏，断断续续的小雨，让这幅天然形成的水墨画卷，更增添了几分楚楚动人。

桃花潭·触摸诗人的情怀

"李白乘舟将欲行，忽闻岸上踏歌声。桃花潭水深千尺，不及汪伦送我情。"

李白的一首《赠汪伦》开启了我对桃花潭的向往。因为有了憧憬，即使相隔千山万水，也仿佛近在咫尺。遥想那段盛唐，一位才子在桃花潭畔观看涓水长流，仰望天空云卷云舒，仅凭想象，那画面就已经绚烂到极致。

汽车在并不平坦的路面上一路颠簸，心绪也随着巴士的上下起伏而不断翻腾。我将自己想象成一位古时的文人，正在不远千里，奔赴一场友情之约。

在唐代，李白就是因为受到桃花潭豪士汪伦的信件邀约，才来到这里。信中说："此地有十里桃花，万家酒店。"李白欣然前往，却并未见到信中所说的景致。汪伦告诉李白："所谓十里桃花，是十里处有桃花；万家酒店，是在桃花潭边有位姓万的店主开了一间酒肆。"好友之间的小小玩笑，让李白大笑不已。于是留在这片纷繁的美景当中，直至尽兴而归。

因为被汪伦的诚意所感染，因此李白在临行之前，才写下《赠汪伦》一诗。还未靠近桃花潭，我的心已经飞向了十里处的那片桃花。

古镇·深陷温柔的生活

　　有人将桃花潭的景致比喻成"天然的艺术馆",拥有这座"艺术馆"的,却是一个曾经再平凡不过的皖南小镇。这座在古时叫作南阳镇的小镇,居住着大量的翟姓居民,后来小镇改名叫作陈翟村,直到20世纪80年代,又改名叫作陈村。

　　随着桃花潭的名气越来越大,小镇的名字几经更迭,终于变成了"桃花潭镇"。踏入古朴的小镇,扑面而来的竟然是一阵田园的气息。放眼望去,满目绿意,一片片农田笼罩在桑树硕大的叶片下方,村中的居民在田中各自忙碌,此时此刻,人间烟火的美好胜过了仙境。

　　人们将小镇当作风景,镇中的居民却只将这里当作自己的家园。如此质朴的念头,为桃花潭镇厚重的文化底蕴平添了一层坚实的保护罩。李白与汪伦对桃花潭的偏爱,让当地的居民感到骄傲,为了给那段来自盛唐的美好友谊做一个见证,他们修建起一座座别具一格的古老建筑,

第四章　梦行徽州·一生痴绝处 无梦到徽州

让来到这里的人，与那个遥远的朝代只有一步之遥。

当我正式进入镇中，一座八角形的三层建筑呈现在眼前。这是镇中的文昌阁，按照清代的旧制，如果某一氏族中出了二十位举人，就可被批准建造一座文昌阁。而镇中居住的翟氏族人，是皖南一带知名的望族。仅是清代初期，翟氏就已经出了二十三名举人。当时的乾隆皇帝恩准翟氏在镇中修建文昌阁，足以见得镇中的居民从未因为偏僻的地理位置而放弃对孔孟之道的研习。

文昌阁的每一层都悬挂着一块匾额，一层的匾额上撰写着"盛世文明"，二层则是"文光射斗"，三层则是"共登云梯"。一座建筑，见证着一个氏族的荣耀，秀丽典雅的造型，像极了一位温文儒雅的文人。

有人说，因为有了桃花潭镇，让皖南的山乡变成了"图画里的乡村"。只要来到这里，人们就会心旷神怡，流连忘返。我对这样的说

第四章 梦行徽州·一生痴绝处 无梦到徽州

法深信不疑,因为身处小镇的中心,我已经深深感受到了这里的文化底蕴。

镇中遍布着古时留下的祠、阁、塔,一百多座雕梁画栋的古老民居,与古老的街道一同成为古人留给小镇的丰富宝藏。

一排排在风中整齐飘荡的旌旗,将我带往镇中的翟氏宗祠。一座坐北朝南、五楹三进的宏大建筑,仿佛是皇家才有的规模。宗祠的建筑风格依然停留在明代,前后三进的院落,占据了千亩地面。一棵棵珍贵的楠木与一块块精美的汉白玉石,携手组成了这样一个庞大而又古朴的建筑,就连雕于石头与木头上的雕刻,也成为保留了几百年的文物。

一块刻有"中华第一祠"的牌匾,骄傲地悬挂在大门的正上方。匾额的内容出自高级古建筑专家罗哲文的手笔,一块块流淌着时间印记的牌匾,也成为了这座祠堂独有的特色。

祠堂中的每一块牌匾,都是由历朝历代中的某一位皇帝所赐,最鼎盛的时期,祠堂中的牌匾竟然达到了一百零八块,如今,随着时光的淘洗,仅剩下十几块牌匾还完好地悬挂在祠堂中。

"江南名族"的横匾悬挂在大门上方,享堂之中则悬挂着一块刻有"忠孝堂"三字的红底金字木匾。那是明代万历年间,时任江南镇抚大将军的翟国儒远赴云南边疆平叛时,不幸为国捐躯,皇帝将翟氏祠堂御赐为"忠孝堂"。

每一个氏族的先辈都值得后人去敬仰,尽管我的亲朋好友中并没有一位姓翟之人,可就凭这一家族曾经走出过千名秀才、百名举人、几十名进士、一位为国捐躯的将军,就足以值得我为这一家族而膜拜。

我带着虔诚的敬意步入享堂,供台上面,供奉着上百块翟氏先祖的牌位。仓促行走的时光,将许多牌位上的文字变得模糊,有些甚至已经开始腐烂。可即便牌位已经变得残缺不全,它依然承载了一个人生前的遗志,以及后人对他的尊敬。因为有了这些附加的情绪,一块块木制的牌位仿佛有了活生生的生命。先人的牌位在供台上默默无声,却深藏功与名。

转身离去时,我已经在心中装满了崇敬。穿过田园小径时,一位白发苍苍的阿婆正在给家养的鸡鸭喂食。每个人都希望生活的环境能一再改善,从交通到经济,永远都在追求所谓的便利。然而,这种种田养鸡的生活,又何尝不是一种悠闲与诗意?

走入狭长的小巷,可以依稀看出这里的地面也曾经用石板铺过,只是一块块石板已经被历史的车轮碾压得残缺不全。破损的地方,有些用大小不一的卵石重新修补,有些则索性裸露着灰色的土质地面。

我任由脚步在巷子中穿梭,欣赏着黑的瓦,白的墙,蓝的天,三种

第四章 梦行徽州·一生痴绝处 无梦到徽州

简单的颜色，构成一幅泼墨皖南。

不知不觉，眼前出现一条宽阔的街道，身后的幽静与面前的繁华形成了鲜明的对比。我忽然醒悟，这里居住的全部是徽商的后人，与生俱来的商业天赋怎么可能被磨灭？街路两侧鳞次栉比的古老房屋全部被开发成一间间商铺，这足以证明，红顶商人虽然已经绝迹，徽商的精神却永不会消亡。

一间叫作"近水楼台"的酒店吸引了我的注意，夕阳已经在屋檐上洒下了余晖，也确实该为自己找到一处住所。既然遇见，便是有缘，我决定就在"近水楼台"住一晚，第二天清晨，想要去探访一下雾中的桃花潭。

我又在陌生的土地上重新找回了一夜安眠，第二天清晨，阳光在天边刚刚揭开一角缝隙，我就已经早早起身。只有在太阳还未完全现身的时候，才能欣赏到桃花潭水笼罩在一片浓雾之中的奇景。

从我房间的天台上，就可以看到桃花潭梦幻般的身影，如同一个贪睡的少女，依然笼罩在自己编织的梦境当中。

身为一间酒店，"近水楼台"有着属于自己的骄傲。店主总是骄傲地告诉每一位客人，当年汪伦送李白离去的地方，就在酒店的门口。我迫不及待地冲下楼去，生怕错过这一片迷雾笼罩下的仙境。

迷雾仿佛从潭中升起，一艘艘无人乘坐的画舫停靠在岸边，雾气浓浓地笼罩在水面，小船仿佛飘荡在云层当中。人间哪能找到这样的景致？那一瞬间，我不禁恍惚，分不清自己究竟置身何处。

赶来河边汲水洗衣、洗菜的村民将我拉回了现实，阳光渐渐从迷雾中露出了脸，温暖了这座刚从沉睡中醒来的古城。

桃花潭的确是一个让人抒发思古幽情的好去处，层峦叠嶂的山川在潭水的对面散发着灵气，拔地而起的怪石和陡峭的山岩，仿佛虎踞龙盘一般远远矗立，宽阔平坦的水面上，浓雾渐渐淡去，露出了一派旖旎的水光山色。

从桃花潭溯流而上，即可看到与黄山一衣带水的太平湖。人们说，太平湖与黄山之间有着浪漫的关系，它们是一对"情侣"，碧波万顷的太平湖，就依偎在黄山脚下，而层峦叠翠的黄山，就笔直地立于湖畔，给予太平湖最暖心的守护。

每走一步，就能收获一片全新的景色，那些无限美好的风景，都是我在行走中送给自己的礼物。

潜口·静默的古村

时光如水，既然抓不住流年，不如抓住一段段令内心激动的画面。当苍老时，剪一段搁浅的往事静静观看，让那些已经随着岁月逝去的流年，重新在眼前浮现。

我被"紫霞山庄"的名字吸引到了潜口，那一片掩映在青山绿水间的粉墙黛瓦，让人一不留神，就会踏入某一部电影中的经典镜头。

我喜欢将徽州称作"明代的徽州"，因为行走在这里，总是很容易找到许多明代留下的建筑。一座富有徽州文化特色的潜口古塔，建于明代嘉靖年间，四面八角的造型，分明就是一座直立的锥体，因此，有人也将它叫作"潜口锥"，塔顶的葫芦穹顶，寓意着吸纳日月之精华，将天地间的正气吸纳入塔中，滋生万物，生生不息。

从潜口塔旁经过，我依然在寻找心中的"紫霞"。光听名字，就已经感受到了无尽的美好。那里是一个明代的民居缩影，虽是重建，却复原了一个朝代。"紫霞山庄"还有着另一个不算梦幻，但却无比贴切的别名，白底黑字的"潜口民宅"四个大字，悬挂在一处粉墙黛瓦的庭院上方，我与"紫霞"，就这样不期而遇。

因为有了现代人对古迹的尊敬，才有了这样一座明代建筑的集中展示之地。十座典型的明代建筑构成了潜口民宅的全貌，每一座建筑，都是从其他地方原封不动地"挪"来，清幽的景致，错落有致的结构，重现了一个民族的文明。

一场清代咸丰年间的大火，毁掉了原本建立在这里的汪氏别院，只剩下由八根梭柱支撑起的三间门厅，残存着那场大火留下的悲凉记忆。跨过门厅见到的院落，并不如我想象得那般大，却亭台楼阁一应俱全，小桥流水"藏匿"其中。

一座单孔石桥跨过小溪，迎接进入山庄的宾客。这座名为"荫秀桥"的小桥原本坐落在唐贝村口，一头连接着村庄，一头连接着一座尼姑庵。这座桥就是由庵中的尼姑出资建成。

手指抚摸着"荫秀桥"三个字，阴刻阳刻各半的雕刻，带来了奇妙的触感。人们也将它称作"阴阳桥"，似乎踏上这座桥，就能在人间与

第四章 梦行徽州·一生痴绝处 无梦到徽州

佛界任意穿梭。

一座无字石碑坊就在桥的另一端,一个手拿毛笔的"厉鬼",龇牙咧嘴地等待着世人的穿越。鬼的脚下踩着一只方形的大斗,我不禁为古人丰富的想象而钦佩。古人将一个"魁"字拆成了"鬼"和"斗"的图像,建立这座牌坊的家族,一定是希望家中的子弟能够在考场上夺魁。

"走不完的前程,停一停,从容步出;急不来的心事,想一想,暂且丢开。"一座美观的四方小亭,却蕴含了如此深刻的人生哲理。有多少人偏偏想不通如此简单的道理,一定要在烦恼中苦苦执迷。亭顶的梁木上,刻着劝人向善的对联,因此被叫作"善化亭"。

穿越亭中沿山向上,一座名为"乐善堂"的民宅,蕴含了徽州人聚水如同聚财的寓意。一座天井,让宅中的"肥水不流外人田",良好的采光与通风，让这里成了族中八十岁以上老者的娱乐和议事的场所。

精美的雕饰，是徽派建筑鲜明的标志，"紫霞山庄"中的每一座民宅，都因为有了这些雕饰而增添了些许韵味与风情。无论是山庄中以"徽州民宅代表"著称的"方观田宅"，抑或用于祭祀供奉的"司谏第"，处处留下来自明代的雕梁斗拱，作为一个朝代的象征，这些建筑永远地留在了潜口这片土地。

一座"紫霞山庄"开启了我对潜口古镇的兴致，想要更深地对它了解，似乎就不得不与唐模古村来一次意料之外的相遇。

有些在期盼中等待的相遇，偏偏容易错了心思，而那些脑海中原本没有的不期而遇，有时却会对了心意，惊艳了一场时光轮回中的际遇。

我与唐模古村的邂逅，就是时光赐予我的一段美好记忆。它虽身处皖南，却偏偏有着江南古镇一般的风韵。我无法找到一个准确的词汇去形容唐模古村，它虽静谧，却兼顾着繁荣；它虽幽深，虽处处显露出掩饰不住的唐代遗风，却也让人无法忽略那里的山水风情。

经历些许的颠簸，来到唐模时，天气有些阴沉，刚刚的一场大雨，洗净了人间的尘埃，为古村中的青石板路涂上了一层油亮的底色。

徽州人似乎永远都离不开水，傍水而居，是他们坚信的风水学说。无法为风水属于科学还是迷信下一个准确的定义，至少，人们将川流不息的水流视为滚滚的财源，可以作为人类对美好生活寄予的一种美好寓意。

美食与美景，更能碰撞出一座古村的风韵。我在檀干溪畔找到一处吃茶点的小店，这里有唐模特有的挞果，其实有些类似北方的馅饼。小店的老板娘十分健谈，一面翻动着大锅中的挞果，一面向我滔滔不绝讲述着唐模的历史。

第四章 梦行徽州·一生痴绝处 无梦到徽州

她说,唐模古村始建于塘,发展于宋、元,兴盛于明、清。上千年的历史,光是听听就让人咋舌。一条檀干溪穿村而过,将一座小村分隔成了两岸,村中的每一座建筑,几乎都是临溪而建。我坐在店中,看着潺潺的溪水有些发呆,不知从脑海中的哪一个角落,忽然翻腾出一句诗句"唐风清韵醉唐模",再次仔细回想,却无论如何也想不起究竟在哪里看到,又出自哪里。

每一座南方的古村古镇,似乎都由一个显赫的氏族开创。老板娘却告诉我,唐模是由两户人家合力开创,一户是越国公汪华,另一户便是许氏两兄弟。老板娘不无骄傲地告诉我,她也姓许,表情中竟然还带着一些可爱的神秘。

她说,因为许氏两兄弟来自高阳,为了不忘家乡,便在唐模建造了一座高阳桥。带着老板娘的叮嘱,我决定去会一会这座双孔廊桥。

古语曾说"一山不容二虎",虽然共同创建了唐模村,可汪家与许家两个大户人家却始终互不相让。站在高阳桥旁,我的耳畔依然回荡着老板娘讲述的传说。

她说,高阳桥与檀干溪,成了两个家族明争暗斗的道具。许家处于檀干溪的宽敞入口,加上辛勤的劳作,渐渐在财富上占据了上风。注重风水的徽州人,将檀干溪视作财源,许家不愿让财源流向汪家,于是建造了双孔廊桥,桥上的两个孔,好比人的双眼,从"双眼"流过的水,就好比人的两行"眼泪",时刻为汪家悲哀,也破了汪家的财源。

汪家不甘心被这样一双"泪眼"日夜相望,于是便正对着高阳桥的两个孔,树立起天灯,寓意灯光刺眼,晃得"两眼"睁不开。

两户古人的斗气,如今听来既可笑又可爱,可正是因为互不服输,才让这座古老的村庄增添了一个又一个景致。

缓缓流淌的檀干溪水,将我带到了闻名遐迩的檀干园。徽州人向来注重孝道,正是因为孝道,才有了这样一处所在。

相传清代一位姓许的富商有一位老母,母亲想看一看杭州西湖,可惜山高路远,母亲年老,已无力出行。这位富商是一名孝子,为了满足母亲的夙愿,不惜重金按照西湖的景致,在村边挖出一口池塘,修建亭台楼阁、水榭长桥,园内和岸边种满檀花,供母亲娱乐。

在这里仿佛真的能够找到一些西湖的风韵,而传说中孝子敬母的故事,却比现实中的景色更加感人。

走过弯曲的古驿道,不远的前方,一座八角亭和一棵老槐树,几百年来始终在此结伴而居。人们都说古树能通神,这座有着四百年树龄的老槐树,也被人们誉为"天下第一媒"。

每一座徽州古村的村口,都会修建一座亭,亭既可用来镇水,也可

第四章 梦行徽州·一生痴绝处 无梦到徽州

在亭中送走远行的亲人。唐模村口的八角亭本叫"沙堤亭",因为每个面都有八个角,才演变成"八角亭"。微风吹来,八个角上悬挂的风铃叮当作响,形成一曲人世间最简单却也最欢乐的乐章。

  行走在唐模的脚步,已经渐渐走向终点,一幕幕美好的情怀,早已铺满了我未来的路途。有些记忆在心头永远无法抹去,即便偶尔会被风吹散,在某个寂静的夜里,那些随着时光流逝的岁月,也一定可以重新一一捡拾。

南屏·迷宫式的村落

　　有些美景，只有亲自走过，才会感到情浓。翻转手掌，遮在眼前，阳光在指间流出的是千种明媚，万般情愫。行走过后，找一个夜晚，独自坐在月影下，写下温暖的思念，留住一纸馨香，让一腔情怀在阑珊的夜色中晶莹。

　　单是一座座古老的建筑，就值得我一次又一次迷醉于其中。一个人背着背包走走停停，在相同的旅程中遇见不同的人，看着车窗外的风景慢慢变化，很容易就会沉沦在与家乡完全不同的景色当中。

　　皖南地区大片且漫长的绿色让我的心境变得开阔，巴士车穿过黟县一路向西南行驶，一座建于元代的庞大古村，即将成为我一个人的风景。

　　因为有南屏山作为天然屏障，古村的名字也叫作南屏。三百多座明清时期的古建筑，让这座古村显得幽静而神秘。我站在村口，对着面前的村路发呆。都说南屏的路是出了名的难走，本以为那些被传得神乎其神的说法，竟然没有一丝夸大的成分。村中的一条条巷弄层层叠叠，循环往复，简直就是一座现实中的迷宫。

　　索性不再去纠结对与错，既然已经开始了一段没有固定目的地的旅行，那就让脚步指引内心，走一程，观一程。

第四章 梦行徽州·一生痴绝处 无梦到徽州

一旦下定了不怕迷路的决心,心无旁骛地走在南屏的村路上,除了收获一片美景,竟然出乎意料地收获了好运。七扭八拐地走了几分钟,身边环绕的,全部是古老的建筑民居,仿佛任意推开一扇门,都会伴随吱呀一声闯入另一个时代。

慵懒的南屏古村还未从睡梦中彻底苏醒,村中的居民慢悠悠地经营着自己的生活,安然而又闲适。就快到了早餐时间,有些人家的屋顶已经升起了袅袅炊烟,整个村中,似乎只有我一个人在漫无目地闲逛。此时此刻,似乎这一片静谧与安详中的美景,被我一人独占,一种优越感从心中油然而生。

千年历史为南屏古村赋予了得天独厚的文化古韵,因为它的韵味,许多电影导演都将这里当作梦想中的拍摄地。

南屏古村并不大,从村头到村尾,很快就能走完。我刻意将脚步放

慢，想要好好体会村中历史的一点一滴。复杂的村路，也在无意中拉长了行走的时间。每走几步，就能看到一座祠堂，小小的古村中，竟然保留了八座祠堂建立起的祠堂群，即便走遍整个徽州，也再找不出这样一处所在。南屏就像一座博物馆，专门用来收藏中国的古祠堂建筑。

一座座祠堂让我为自己的孤陋寡闻而感到惭愧，向来只知道每个家族姓氏会建立家族的宗祠，来到南屏，才知道原来家族中的某个分支还可以建立"支祠"，其中的一家或几家，还可以建立"家祠"。

每一座祠堂，都是由官宦或富商人家所建。它们在村中默默居住了千年，一座"叶家宗祠"随着一部电影《菊豆》，走入了人们的视线。与小巧玲珑的家祠相比，这座占地四百平方米的宗祠，简直可以用宏伟来形容。

五十四跟粗大的圆柱，支撑起祠堂的整座建筑，也许，张艺谋在拍摄《菊豆》时，正是看中了叶氏宗祠五百多年的历史，电影中的绝大部分镜头，都保留了祠堂的身影。一部电影让祠堂的原貌或多或少发生了变化，电影杀青的那一刻，叶氏宗祠最后的模样也宣告蜕变完成。

拍摄时用过的道具、花絮照片与海报依然保存在原处，祠堂上方的牌匾，也换成了电影中的"老杨家染坊"。只有门口两座用青石雕刻的石鼓，在为祠堂的庄严尽最后一分力气。

如果按照在影片中出现的次数进行排序，叶氏一族绝对成了南屏的赢家。《菊豆》看中了叶氏宗祠五百多年的历史，拥有四百多年历史的叶氏支祠也不甘示弱，紧随其后出现在了《卧虎藏龙》的画面中。

在20世纪六七十年代的那场浩劫中，许多祠堂已经被损毁破坏。古迹残缺的肢体让人心疼，可那些损坏的缺口，却也是历史赋予的符号，从每一道伤痕中，都能讲述出一个难忘的故事。

第四章　梦行徽州·一生痴绝处 无梦到徽州

叶氏支祠与宗祠，成了浩劫中的幸运儿，它们气宇轩昂的模样依然完好地保存下来，门上悬挂的"钦点翰林""钦赐翰林""钦取知县"三块牌匾，依然象征着当年的荣耀，精美的时刻图案，表达着渴望丰衣足食的良好愿景。

祠堂的高大与气派让我敬畏，每个姓氏，都有他们的传统与骄傲，据说，直到如今，祠堂中还会定期举办大规模的祭祀仪式，家族中的男子，都要穿戴特定的衣帽，遵循繁多的礼节参加祭祀活动。一座祠堂的使命，就是让氏族中每个后人的精神都得到教化，让他们自幼就懂得做人的规矩，为自己的氏族而自豪。

在弯弯绕绕的巷弄中，无意间发现一间卖茶的小店。茶能明目，更能养心，皖南地区温润的气候，滋养出茶叶的甘甜。小店没有华丽的牌匾与装饰，一些包装好的茶叶和古朴的茶具，"出卖"了小店的

古镇·深陷温柔的生活

经营范围。

轻轻跨过门槛,进入店中,竟然发现店主并不在店里,南屏古村的和睦氛围的确值得羡慕,店主打开店门放心离开,可见村民之间是有着多么深的信任。

隔壁的妹妹看到有客人光顾,赶忙跑去将刚好有事离开的店主唤回。店主是一名和我年纪相仿的女子,看着她款款走来的身影,我发现她的气质也如同清茶一般纯净。一身亚麻质地的装束,看起来是那么舒适,也显出一颗无欲无求的内心。她耐心地向我介绍每一款茶的特性,又不厌其烦地告诉我每一种茶该怎样冲泡,又特意拿出一些有特色的茶当场让我品尝。

第四章 梦行徽州·一生痴绝处 无梦到徽州

不知是因为身处皖南,对皖南有着一种身临其境的感情,还是因为茶叶的新鲜,喝在口中的茶水,无比的甘甜与香浓。每一款茶叶都有着出乎意料的低价,想到城市中那些口感并不出众却贵得出奇的茶楼,我忍不住多选了一些当作自己的"存货"。

走出店门,顺着哗哗的水声,我走到河边,一条老水牛悠闲地泡在水中,旁边一位白发老奶奶用木棒敲打着浸泡在河水中的衣服,一人一牛和谐共处的画面,让我的内心也如同水面一般平静。

在村中逛了大半天,似乎依然只有我一个游人,整个世界都是那样安静。我依然分不清楚如同迷宫般的村路,但是村中萦绕的和谐氛围,让我并不感到害怕,也并不担心迷路。只要说出我想要去的地方,热心的村民总是会亲自带路,将我送到目的地。

除了安静,我找不到另一个更贴切的词语,去形容村中的小路。村中的民居已经存在了百年,一条条狭窄的巷弄,也伴随着两旁的民居,有着百年以上的历史。我想象着自己推开了一扇房门,一位绾着发髻穿着旧时装束的女子,正独坐院中,等待远行的丈夫。

在古时候,徽商出门做生意,往往一走就是三年,有多少女子带着满腔的思念与闺怨,在村中的小路上一次又一次地守望。青年男子为了家庭的生计而远行,成了南屏古村的传统,如今的村落里,也很难看到青年男子,他们同样为了家庭的生计外出打工,留下来的不是女子,就是老人和孩子。白发苍苍的老人,口中说着我听不懂的方言,闲适地坐在自家门前,摇着蒲扇与老伴聊天,房中的电视里正在播放古老的戏曲,成了眼前这幅温馨画面最好的背景音乐。

老人口中的话语,似乎在娓娓道来徽商人家千百年来的兴衰。从巷弄的另一头,一个背着书包的孩童欢快地走来,老奶奶马上起身开心

145

的迎接,原来是家中的小小读书郎放学归来。与徽州其他的古镇一样,南屏也从未忽视对孩子的教育,古时起,当地的李氏家族就建造了一座"抱一书斋",作为家中子弟读书的私塾。

在穆贤堂中,还挂着孔圣人的画像,走到门口,就可以闻到浓厚的文化气息。另一所私塾"冰凌阁",曲径通幽之处弥漫着阵阵书香,门上的西湖十景木刻,百年之前的彩色玻璃,留下厚重的沧桑。

看着清晨的炊烟进入古村,不知不觉已经逛到晚餐的炊烟升起。天色将晚,一些村民端着饭碗,坐在门口,与邻居凑到一处,边吃边聊,这是大城市久违的亲近,我已经想不起自己有多久没有和附近的邻居打招呼,甚至有些邻居的样貌我从未见过。繁华的都市拉远了人与人之间的距离,只有南屏这样的小村,还依然保留着人们的亲切与信任。

没有高楼大厦的遮挡,村中的日落显得异常的美丽。复杂的村路上并没有路灯,天渐渐黑透,我躺在客栈的床上,静静回味一天的旅程,人世间最美好的经历,原来就是脚步的随性。

景德镇 · 天青色等烟雨

总是很喜欢旧的东西,因为那种旧,往往包含了一段光阴。记得小时候家里有一只景德镇的花瓶,那是外婆送给妈妈的结婚礼物。妈妈对它爱不释手,每日都擦拭得一尘不染。青白相间的瓷瓶润泽而又晶莹,像极了一名头发花白的老者,一直静静地坐在桌旁,望着窗外出神。

我猜不出一支花瓶的心中都会想些什么,每当眼前浮现出它如同玉般洁白的瓶身、青色的花纹和细滑的质地,便忍不住让去往景德镇的脚步更加快了一些。这座东汉时期就已经存在的"瓷都",不知是否还保留着历史与年代的印记。

来到瓷都,就要与瓷器来一次近距离的接触。第一次仔细规划了一下行程,每一站都与瓷器有着密不可分的关系。

我将第一站选在了雕塑瓷厂,一座曾经专门用来生产瓷器的工厂,一座座厂房中依然保留着陶瓷工艺留下的痕迹,不过,如今的这里,已经变成了一片创意诞生之地。由工厂改建的陶瓷工作室中,依然有许多技艺纯熟的老师傅在精心地制作瓷器,许多年轻人在老师傅旁边虚心地学习,有些是学徒,有些是想要亲手制作一些瓷器的客人。

看着他们精心地为自己挑选陶泥和釉料,亲手制作出带有情感温度的陶坯,我只能报以满满的羡慕。虽然已经下定决心不再匆匆赶路,可自己的时间无论如何也无法等待瓷器烧制的过程。索性留下一些遗憾，为下一次的故地重游找足了借口。

雕塑瓷厂中几百米的街道两侧，最不缺的就是出售瓷器的小店。当地人告诉我，每到周末，还会有大型的陶瓷集市。许多学生会将亲手制作的瓷器拿来出售，与大师之作相比，这些略显稚嫩的作品，自然价格也相对低廉很多。

虽然与大型的瓷器集市无缘，不过一间间各具特色的小店也足够补偿我遗憾的情绪。整个厂区形成了一片繁华中的静谧，身临其境，感觉周身都被艺术的气息包围。每进入一间小店，我的背包都会增添一些分量，不知不觉已经淘到了许多瓶瓶罐罐，许多都是由年轻的店主亲手设计、亲手制作，虽不算精细，更不算珍贵，可每一件瓷器，都是这个世界上独一无二的个体，自然值得我去珍惜。

第四章　梦行徽州·一生痴绝处 无梦到徽州

许多刚刚做好的瓷器被店主摆在晴朗的天空下晒太阳，与传统的景德镇瓷器相比，这里的瓷器虽然少了岁月的沉淀，却多了一些时代的绚烂，融合着现代感的生命力。

一件件小件瓷器，让我爱不释手，如果不是肩上的背包在不断的抗议，我一定会把每一件喜欢的物件都搜罗回去。

在雕塑瓷厂可以找到瓷器的活力，在景德镇民窑博物馆中则可以找到沉睡的历史。中国七百年的瓷器文化在地下被深深埋葬，这座博物馆向世人还原了各个朝代制瓷的原始场景。十二处尚未发掘的古陶瓷遗存，土壤中还存留古代遗留下来的瓷器碎片，土地用温柔的胸怀，小心地呵护着陶瓷的历史。

看过了瓷器的历史与鲜活，就不得不再去体会一下瓷器的底蕴。进入三宝国际陶艺村，并未感到太多的国际氛围，反而是原生态的生活场景和建筑，散发着本土文化的气息。这里的建筑只是一片老式的农宅，从屋外的院墙，到屋内的生活起居，至少已经有了二十年以上的历史。

陶艺村的"国际"氛围，来自居住在这里的外国陶艺家，因为这里诞生了世界上最出名的瓷器，因此，全世界的陶艺家，都将这里当作了心中的世外"陶"源。

看似破旧的一个农家小院，到处镶嵌着做好的陶瓷作品和散碎的瓷片。瓷器在这里几乎无处不在，甚至连院中清澈见底的小溪里也静静地躺着一些瓷碗和瓷片，也许是它们在小溪里睡了太久，溪流带起的泥土将瓷器的下半部分掩埋，就像小溪担心睡着的瓷器遭到损坏，贴心地为它们盖上了一层被子。

大红色的春联为老旧的木门增添着喜气，爱艺术的人，一定也无比的热爱着生活。整个村子里，陶瓷与原木和平共存，相得益彰。木制的

149

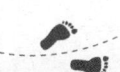

古镇 · 深陷温柔的生活

大门、木制的长廊，就连长廊中的座椅，仔细看去，才发现是木制的米桶。原来，热爱艺术的人，也热爱随性的生活，无须刻意，无须章法，随性自在，浑然天成。

一排现代化的路标在陶艺村中显得有些突兀，不过，正是有了这些花花绿绿的路标的指引，游客才能在这里通行自如。

用来制作瓷粉的水车，从宋代开始，就在景德镇的每一个工作坊中默默发挥着作用。这是让景德镇瓷器更有光泽的秘诀，借助水车，利用溪流的联动，把磁石捣碎成粉末，再加入陶土中，加入了磁石的瓷器，光泽更加饱满，并且有着一种看似比瓷器更坚固的力度。

绘制在古旧墙面上的现代壁画，散发出浓郁的文艺气息。小型的博物馆、茶室、艺术家工作室、餐厅、咖啡厅、画廊遍布在村中的各个角

第四章　梦行徽州·一生痴绝处 无梦到徽州

落,让本来不大的小村却显得并不狭小。

这里就是有一种让人流连忘返的魔力,每年都有来自世界各地的陶瓷艺术家被陶艺村吸引而来,许多人一旦进入,久久不愿离开,离开之后,还会想念。可惜一些艺术家的工作室并不对外开放,只作私人创作使用,不能见识到艺术大师们现场创作,实在有些遗憾。

在陶艺村留下的遗憾,只有到古窑民俗博物馆才能得到满足。如果说陶艺村的艺术氛围充满了神秘的气息,那古窑民俗博物馆就完全是一个敞开的瓷器国度。

博物馆的外墙上面,用陶瓷制作着"北看故宫,南访古窑"八个大字,细小的瓷片拼满了边框之间的空隙,还未正式进入,就已经感受到了瓷器的韵味。

走到墙的尽头,走过一条弯弯的小路,就正式进入古窑。迎接我的是形色各异的陶瓷花瓶,就连馆中的垃圾桶都是由陶瓷制成,在这里,似乎没有什么是瓷器做不了的事情。

这是世界上遗存的唯一一座大型蛋形柴窑,除了景德镇,再也找不到这样的窑炉与技艺,沿着一条幽静的林荫小路,历朝历代的古窑按照次序依次排列,元代的馒头窑、明代的葫芦窑、清代的镇窑,站在窑炉面前,仿佛依然可以感受到千年之前燃烧的熊熊炉火,千度的高温,也烘烤着多少代制瓷师傅的人生。

没有想到在瓷器博物馆中还能邂逅到一片竹林,全部是从未见过的品种,纠结出奇特的造型。池中的水莲被竹林的绿意映衬得更加粉红,含羞带怯地开放,莲叶上的一汪清水,让小桥的莲花显得朦胧而安静。

恰逢馆中的一场瓷乐表演开场,几位女子乐师穿着如同青花瓷般的长裙,缥缈宛如仙女。她们手中的乐器各不相同,无论是笛子、扬琴还

是二胡，甚至硕大的编钟，都是由瓷器制成。源远流长的瓷器历史如此包罗万象，我用自己的视角去欣赏这项古老的艺术，用真实的内心去感受瓷乐的乐章。

每一件瓷乐器，都有着温润如玉的质感，洁净通透的色泽，耳畔听着瓷乐器发出清脆悦耳的声响，我似乎已经感受到那顺滑的手感。

走在瓷片铺就的小路上，再一次与千年瓷都的魅力近距离接触。中国的文化与传统，总是讲究传承，代代相传的制瓷手工艺，赋予了景德镇文化的厚重。制瓷工艺在这片土地上流淌了千年，我徜徉在一件件瓷器艺术品种，脚步也不知不觉走到了尾声。

看着洁白的瓷器，心情会变得越发平静，心中的情绪，也会变得无比干净。这是一项古老艺术的强大魔力，它们在日光下散发出魔幻般的光泽，而每一件瓷器的背后，都隐含着陶瓷艺人苦其一生去追寻的技艺，我无法知道他们经历了怎样的坚信，只能确定，当每一个作品问世的那一刻，他们心中的快乐，我永远无法感知。

第五章

北方门庭·繁华过往间 门楣犹可见

在兰屿,无须太多的色彩,只要用心,就能听到最淳朴的声音。

张家湾·大运河第一码头

南方的小镇温暖而又沉静，仿佛一生都不曾经历风雨，只在祥和中演绎自己的故事。而北方的古城经历过太多的狂风骤雨和电闪雷鸣，经历了繁华与没落，却一蓑烟雨任平生。管他风暴再大，只当是一场场值得纪念的洗礼。

张家湾就是这样一个在狂风暴雨的洗礼中生存下来的古城。它位于北京通州，虽身为一座北方古城，却也曾经是一处繁华的漕运码头。一条京杭大运河，从繁华的江南杭州直通北京；一条通惠河，又从北京城外通往高丽庄，"高丽庄"就是张家湾在元朝时期的旧名。

几经更迭变迁，才能叫作真正的历史。作为一座运河码头的城市，张家湾也随着历史的风云变幻，在兴盛与衰败中反复转身。

如果不了解张家湾曾经的兴衰，似乎就无法在它的面前体会它内心复杂的感情。我不愿在它的面前只做一个过客，我想要走入它的内心，好好倾听它已经沧桑了千百年的心声。

当朱元璋在南京建立起大明江山，被元代人修建的通惠河也正式宣告废弃，河道渐渐淤塞，张家湾漕运码头的头衔也暂时被摘了下去。不过，历史并不忍心张家湾就此沉寂，当朱棣登上皇位，决定迁都北京时，张家湾终于又再次承担起向北京运送工料的任务。到了明代嘉靖年

第五章 北方门庭・繁华过往间 门楣犹可见

间,在皇帝的授意下,通惠河得到疏通,并将终点修建到了通州。

张家湾再次经历了短暂的繁荣,身上的光环又随着通州码头的成立而渐渐褪去。不过,它并未因此没落,没有任何人可以忽略它在漕运和商运中建立的丰功伟绩。

这座建立在皇城根脚下的旧城,几经兴衰,虽然依然保留了历史的厚重,可与曾经的繁华相比,如今却充斥着难以掩饰的荒凉。

巴士并未将我送入城内,而是停靠在萧太后河畔。也许古城之中最不缺少的就是古老的传说,相传辽朝萧太后率军攻打北宋时,曾在北京附近扎营。因为营寨缺水,便派出差役寻找水源,终于发现了这条河。萧太后喝过河水之后,称赞河水清甜,因为这是一条无名河流,因此萧太后便下令用自己的名号来命名。

159

在萧太后的命令下,这条河流被开挖成了北京最早的运河,专门用来运送军粮。河岸两侧当年的繁华,如同进入了江南水乡,两岸行人不断往来,与如今的沉寂相比,是一番无比热闹的景象。

一座石桥在河流的东侧默默矗立,想必在当年,桥上的行人一定络绎不绝,如今举目四望,除了我自己,周围再难找到一个行人。

这座石桥就是通运桥,它的前身是一座木桥,因为被萧太后下令所建,也曾被称为"萧太后桥"。直到原本的木桥在常年日晒雨淋中被损毁,明代的万历皇帝才决定在原处修建一座石桥,并亲自赐名"通运"。

桥面两侧的青砂岩护栏上,各有二十二只精巧的石狮子蹲伏在海棠望柱上,每只小狮子神态各不相同,有的依然在怀念百年之前的繁华,有的则天真的不知今夕是何年。每两块石柱之间,都有一块栏板镶嵌在其中,每块栏板的正反面,均雕刻着两只宝瓶,每只宝瓶虽大小相似,却各有着不同的花纹。

我不禁赞叹古人心思与技术的精妙,行走在桥上,仿佛发现了一处不为人知的秘境。然而失落的情绪紧随其后,一个繁华的城市,就这样在历史的洪流中消失,只留下一片狼藉。

石头砌成的桥面上,布满了车轮碾压的痕迹,证明着曾经的车来车往,如今,再也不会有满载着货物的车辆从桥面上经过,只剩下桥头的汉白玉桥碑,记录着当年车行桥上,船通桥下的壮观。

桥身上已经明显看得出重新修葺的痕迹,现代化的材料掺杂在古旧的工料中间,新得有些刺眼。好在不平整的桥面依然保留着古时铺就的巨石,虽然已经残缺不全,可通运桥依然顽强地横跨在萧太后河的两岸,足以值得我为之惊叹。

第五章 北方门庭·繁华过往间 门楣犹可见

走过极短的一段砖路，就不得不在土路上蹒跚行走，直到一段残破的城垣出现在面前，我才终于相信，随着运河的衰落，这座千年古城的确消失得干干净净。见证了无数辉煌与破落的张家湾，如今剩下的，除了一派荒凉，便再一无所有。

残破的城墙在岁月的侵蚀中，只剩下了半截，这仅有的半截也已经残破不堪。百年风雨将城墙上的砖石侵蚀，我将耳朵轻轻靠近墙边，仿佛依稀能够听见墙体被一层一层剥落的声音，那是老旧的城墙在发出不甘的悲鸣。

走到此时，我的脚步不免有些沉重。并非是感到疲累，而是心生一种往日辉煌再难寻觅的悲凉。即将走到城门，我有一种隐隐的担忧，害怕张家湾的城门已经变得如同城墙一样残破。

在土路上走了几百米，张家湾南门终于出现在面前，出乎意料的是，城门丝毫没有破败，仿佛经历了一次重生。查阅资料才知道，20世纪90年代初期，南城门和一小段城墙被政府重建，新建的城门刻意模仿着古韵，可惜却再难找到古朴的味道。

见过了北京城宏伟的城门和城墙，眼前的城门显得有些"小巧"，虽然得到重建，它的规模依然保持了原样。一座石碑孤独地矗立在城墙后面，上面的字迹已经模糊不清，据说，这座石碑上本来刻有敕通运桥碑记，原本有两座，可惜另外一座已经不知去向。

一个人在一座废城中穿行，除了心痛，还有些茫然。我可以找到离开的路，却想不明白，为什么这样一座曾经繁华的古城，轻易就被世人彻底遗忘。

迈着沉重的脚步，我走向古城的边缘。一旦踏出这片荒凉的境地，周围的人变得越来越多，几乎呈现了一派街景，四周遍布清真小吃，一位卖家告诉我，这附近有许多伊斯兰教的信徒，不远处就有一座清真寺，是伊斯兰教徒礼拜的地方。

我从未如此仔细地观察任何一间清真寺，张家湾清真寺的结构看上去是那么严谨，四周尖尖，一座绿色琉璃的宝顶直耸入天空，再从高处俯瞰着地上往来的行人。伊斯兰教的重大仪式都会在这座清真寺中进行，按照伊斯兰教的教规，信徒在向真主安拉参拜时，必须背东面西，来表现对真主的尊敬和崇拜。因此，清真寺在建设时，也必须坐西朝东。

这座建于元代的清真寺，已经经过了多次重修，却依然遵守着旧时朝廷礼制对民间建筑高度的约束。无论是空间跨度，还是用材尺度，都严格按照礼制要求使用，没有半分逾越。可是，由于伊斯兰教信徒众多，这座清真寺必须有足够大的空间容纳信徒礼拜，因此，古时的工匠

第五章　北方门庭·繁华过往间 门楣犹可见

在遵循制度的基础上,设计出了"勾连搭"的建筑方式,建造了主体建筑礼拜殿,完美地解决了空间的问题。

清真寺共有三间,勾连搭四卷。第一卷是敞轩,第二卷是过厅,第三卷是殿窑,第四卷是箍头脊。龙生九子,其中之一就是鸱吻。它喜好吞噬,又喜欢居住在危险的地方,所以过厅的正脊两端便能见到它的身形,一张硕大的龙口,衔住了大脊,用自身的威慑力,震慑着一切不祥。

清真寺院落中的四个角,原本各种有一株古老的柏树。在八国联军侵犯北京时,张家湾的民众抛弃了民族和信仰的桎梏,联起手来抵抗侵略。他们曾经在清真寺中居住,却没想到长期在寺中生火做饭,其中一棵柏树因为烟火熏蒸而死。

余下的三棵树似乎接纳了那棵死去古树的生命,越发茂盛地生长,其中一棵必须三个成年人才能环抱。我将手掌放置在苍老的树皮上,那里面包裹着鲜活的生命,就像百年之前一样强壮。

一口平底的石缸,不知从何时起放置在清真寺的园内,我被石缸上的浮雕吸引,仙鹤、莲花、海水翻着海浪。流畅的线条仿佛根本不是雕琢而成,而是生来就有着这般模样。

一路观赏,一路收藏,终于明白了什么叫作行走的力量。光阴飞转,古城在千年的岁月中,早已学会了宽容与释然,一切都会慢慢远去,然而无论时隔多久,那些已经融入生命的景致,都会时刻敲击着我的心脏。

平遥·清朝的"华尔街"

都说生活在别处,所谓旅行,也不过是从自己待腻了的地方,到别人待腻了的地方去呆一呆。我却认为这样的说法有些片面,旅行,更像是从别人的生活态度和方式中,淬炼出精华,再倾注到自己的生活之中。

我也曾希望光阴能过得再慢一些,生活能再简单一点,在红尘中也可以过一种散淡的日子,可现实总是与梦想相背离,于是,我爱上了旅行,从现实中短暂的抽离,将内心放空,用沿途的美景来供养灵魂。

我曾经以为,只有美国华尔街那样的地方,才能诞生一个个金融大亨,直到开始旅行,才知道,原来古时候的平遥,也曾创造过如同华尔街一般的辉煌。

在万千种生活方式当中,平静的生活最难得。告别了昔日的繁华,如今的平遥古城清净了许多。这是我更向往的古城意境,只有在安静当中,才能更好地体味一座城市的风情。

清晨的温度为平遥古城镀上了一层朦胧的薄雾,许多人还未从睡意中醒来,空荡荡的街上偶尔只有三两个人经过,城中的建筑也在雾气之中显得有些缥缈,真的仿佛来到了一座沉睡千年的古城。如此静谧的街景,让我的一颗心也随之安静下来。

也许,古时候的平遥,就是这样安静的样子。不知是哪户人家的院落,大门口的上方,写有"晨晖"二字的牌匾,笼罩在一片真正的晨晖之中,一种宁静而古朴的气息,弥漫在整座古城的上空。

看过了南方的小镇,忽然觉得平遥古城真的很大,南方古镇像是小家碧玉,北方的古城更像是大家闺秀,少了几分温柔内敛,多了几分沉稳大气。似乎随意找个地方,我都可以坐在这里发一会儿呆,不会有人打扰,更不会有人觉得奇怪。

平遥古城并未将它的古韵坚持到底,古典与现代的文化相互掺杂,却丝毫不让人觉得悖逆。明清时代留下的古迹中间,偶尔点缀着一两间现代风格的酒吧和咖啡厅,古朴的韵味与现代的明快混搭而又和谐地融为一体。那些崭新的元素,为古城进行了全新的诠释,漫步在平遥古城之中,既能远离城市的喧嚣,又觉得自己从未被现代文明遗忘。

每一栋青砖砌成的建筑,都将我的灵魂深深吸引,那高大厚重的墙壁之中,保留了太多亘古流传下来的神韵,等待着世人进行全新的解读。古城之所以为完好地保留,也许就是为了文化的传承。就如同陈年的美酒,喝下去浓郁酣畅,品起来历久弥香。

四条大街,八条小街,七十二条蚰蜒巷弄,畅通了一座平遥古城。只看街路的分布,就足以感受到这里曾经的繁华。一条南北走向的步行街,成为整座平遥古城的中轴线。人们将这条街叫作南街,也叫作"明清一条街",街路两旁林立的传统老字号商铺,标志着它旧时商业街的身份。

古城的大部分光彩,都由这条街上散发出来,仅仅四百多米的古街上,却密布了七十多间店铺,从当铺到药铺,从肉铺到绸缎庄,古城中百姓日常需要的一切,在这里都能得到满足。

最值得一提的是,古街上的票号和钱庄占据了大部分商铺,据说,

古镇 · 深陷温柔的生活

在清朝时期,全国一半以上的金融机构,都被这条古街上的钱庄和票号操纵着,将这里比作中国的"华尔街",丝毫不为过。

每一间商铺,都竭尽全力地为古城增添一抹热闹的气息,身边的人流渐渐多了起来,却丝毫没有影响我在古街上流连的雅兴。我感觉,平遥是一座适合一个人行走的古城,在古街上走走停停,感受着从店铺中散发出来的浓郁的历史气息,不受任何人打扰,仔细品味只属于我一个人的古城。

一间间小型的手工作坊、餐馆、客栈,都在极力找回古时的感觉,透过橱窗,看到有人坐在古朴的环境中喝茶、喝咖啡,一下子感觉时间在这里正在缓慢的流逝,缓慢得几乎静止。那间小巧的咖啡店仿佛有着一种魔力,吸引我无论如何都想要进去找一个角落,点一杯咖啡,隔着玻璃窗欣赏别人的生活。

热情的店主告诉我,白天,平遥像是一座沉睡的古城,在积蓄着能量,所有的能量,都留给夜晚来临的那一刻爆发。他还说,到了晚上,

第五章 北方门庭·繁华过往间 门楣犹可见

整条古街的商铺都会亮起各色的霓虹，现在古朴的景象，一下子就会演变成热闹的氛围。

我虽然有些迫不及待想要欣赏古城的夜景，却对白天的宁静也有一些留恋。喝过一杯咖啡，我决定抓紧一切时间，留住古城在日光下的每一个瞬间。

我在古街上一面行走，一面让双眼不住地四下张望，仿佛每一眼都能定格一幅美景，串联起来，就是未来的一段美好回忆。忽然之间，一座类似衙门的建筑出现在面前。定睛一看，我的感觉并没有错，这的确是古城中的一处古县衙，从北魏时起，就已经坐落在这里。

古县衙的庄严让我不禁升起几分敬意，既然路过，就不愿错过，更何况，古县衙的建筑是如此的中规中矩。这里简直就是一座微缩的皇宫，无论是建筑、布局，还是职能设置，都严格按照古时的朝廷礼制来制定。

按照封建礼制，县衙门的建筑要遵循左文右武，前朝后寝，六座院落沿着中轴线依次排列，分别为：大门、大堂、宅门、二堂、内宅、大仙楼。一幅写有"亲民堂"三个大字的牌匾挂在大堂之上，其中"民"字多写了一点，并非是疏忽导致的错误，而是故意写成这样，寓意做官的人要亲民一点。

刚好赶上一场模仿衙门审案的表演，几名大汉押着"犯人"，举起板子就打，场面有些逼真，也有些滑稽。不得不说，古代的刑法工具，看上去的确有些残忍，乳夹、木笼、木驴……光是看看，一种阴森的气息就扑面而来。

据说，古时候的衙门，为囚犯打板子有两种打法，如果是有钱人贿赂了官爷，打板子时就用较宽的正面，疼的程度轻一些，如果是没钱的

167

古镇·深陷温柔的生活

人,就用较窄的侧面,打起来疼痛会更加严重。不知在县衙门的板子下面,有多少人蒙冤入狱,那些残忍的刑法,想来都让人唏嘘。

还是美好的事物具有更大的吸引力,虽然县衙的前厅有些恐怖,却有着一片极大极美的后花园,古代的大官似乎更加懂得享受,在办公之余,不出院门便能享受舒适的生活。

来到平遥的人,都会在不知不觉中为这里古时金融业的发达感到惊叹。这里的大清金融第一街——西大街上,坐落着中国第一家票号——日升昌票号。古时的票号与现在的银行功能相似,票号的出现,也宣告着中国古时商家委托镖局押送现银的落后历史正式结束。

中国银行业的发展,在日升昌票号的每一个角落都留下了轨迹。我很好奇,古时并没有现代的密码机制,是如何保证钱财账户的安全。在柜台大墙上,我找到了答案,原来古时的密码竟然是一段顺口

第五章 北方门庭·繁华过往间 门楣犹可见

溜,这段由日升昌票号创造的顺口溜,暗藏着汇票的时间、地点、金额,只有准确说出顺口溜,才能成功兑换汇票。

占人的机智不容小觑,财产的保管方式也极其隐秘。为了保证黄金白银和各种珠宝的安全,日升昌票号专门建造了一座金库。极少有人知道金库的入口,外人更难以想象,金库的入口就藏在会客厅炕头旁边的火炉煤灰下面。

相传,身为中国第一间票号,日升昌票号真正做到了遵守承诺、童叟无欺。在清代末年,一位老太太的丈夫早年做皮货生意,在日升昌分号汇款一万两千两白银,不料在回程途中暴病身亡,老太太不知有这笔汇款,丈夫死后,她只能靠沿街乞讨度日。她始终保留着丈夫留下的一件夹袄,一次偶然在夹袄中发现了这张汇票,由于已经与取款时间相隔

了三十多年，她还是抱着试试看的心态来到日升昌票号。没有想到，店员仔细核对了汇票的时间与票号的账簿之后，将全部现银如数交给了老太太。经过这一事件，日升昌票号名声大震，用口碑换来了一天比一天红火的生意。

这间创办于1824年的票号，历尽百年沧桑，分号遍布在全国三十余个城市，甚至在欧美和东南亚国家，也有日升昌票号分号的身影。它因"汇通天下"著称于世，也坐上了中国金融业的头把交椅。它的兴衰，影响着整座平遥古城的所有票号，平遥的二十五间金融机构，以及数不清的当铺、账局，都要看着日升昌票号的"脸色"行事。

走出日升昌票号，阳光的温度渐渐降了下来，日落之前的几个小时，是登上平遥古城墙的最佳时间，在那里可以欣赏古城日落，也能居高临下，俯瞰古城的全局。

我没有想到，一座城墙竟然可以有如此的宽度。两辆马车在城墙上并行，似乎没有任何问题。作为防御的射孔与垛口比比皆是，曾经一条护城河在城墙下方默默流淌，是城墙抵御外敌的最好搭档。

城墙全长六公里，想要全部走完，似乎有些不太可能。既然不能求全，就要好好感受。走在城墙上方，仿佛可以抚摸到岁月拂过的痕迹，也可以更好地感受平遥古城的雄伟风姿。

从古城墙上俯瞰整齐划一的建筑，此刻的心情变得异常的安稳。都说奔波过后才懂得安稳的可贵，我有些羡慕古城中的居民，将安稳的幸福牢牢地握在手中。

太阳渐渐从天际落下帷幕，它将最后的光芒撒在整座古城的上空。夕阳在古朴的建筑上镀上了一层金色的外衣，此刻的平遥古城，仿佛仙境，美得动人。

张壁村·袖珍古堡

印象中的山西，每一座城中都飘着浓浓的醋香。而真正来到这里之后，才发现山西的美丽不仅仅如此，在一片三面沟壑的地带，隐藏着一处地下三层的地下长城，一座袖珍古堡在海拔一千多米的险峻环境中稳稳矗立，当地人将这里叫作张壁村，想要领略中式古堡的遗风，这里是不得不去的一个地方。

三面临沟，一面靠山，大自然为张壁古堡极尽所能地提供了安全屏障，千年之前，隋唐时期的十八路反王刘武周为反抗李世民修建了这座村堡，他的谋略虽未得逞，张壁古堡却得到了完好的保存。

还未与张壁古堡相见，心中幻想的一片古旧城堡，就已经开始诱惑我的眼睛。据说，古时候，"壁"，就是"兵"的含义，而"堡"则是"堡垒"。这是一处兵家堡垒，古时的军事文化与宗教文化，在这里形成另一种体系。张壁古堡在黄土丘陵上蒸腾出千年古韵，哪怕千里迢迢，也吸引着我的脚步匆匆。

直到伫立城下，这座千年古堡仿佛在我面前演奏着一篇千古乐章，每一座城堡都是一个音符，它的磅礴大气，让周边的许多村镇在它面前黯然失色。

沿着龙脊街走入第一个丁字路口，巷口深处，坐落着清代商人张

礼维的老宅,正午的阳光投射在古村的墙壁,照亮了一幅砖雕在墙壁上的硕大"福"字,仔细看去,才发现这个字极有特色,虽说是个"福"字,看上去却又像一个"活"字,整个字龙飞凤舞,浑然天成。左半部分的第一笔,是龙首的造型,右半部分的第一笔,则是一个鹤头,鹤头下方,原本的"口"字结构被简化成了一个点,代表着屋主人审慎处事的哲学。"口"字下方的"田"字,则被尽可能地放大,田地代表着村民的口粮,民以食为天,农耕起家的晋商,永远不会忘却血液中浓厚的乡土观念。一龙一鹤的图形,组成了字的全部,两种象征着吉祥的动物,为古村带来了美好的寓意。

不同于南方古镇的粉墙黛瓦,张壁古堡有着红砖砌成的城门,虽然岁月在城门上刻下了些许痕迹,但历经千年,整座城门还依然保存完好。

张壁古堡的神秘色彩,来自于地下三千米的古作战地道,人们将这座地道称作"堡中堡、城下城",上有千年古堡,下有万米"长城",如今可以看到的三千米,是已经开发的部分,还未发掘的地道,还有

第五章 北方门庭·繁华过往间 门楣犹可见

六千米之长。

整座地上城堡,与地下通道完全相通,我沿着进入地道的台阶缓缓走入地下,当地面上投射进来的最后一抹光线从我背后消失,地道中的气氛转变为一片幽静。那里安静得只能听到自己的心跳声。虽然前后并没有行人,但我并不感到恐惧,而是完全沉浸在如此壮观的地下王国之中。

张壁地道的设计,遵循了古代的"六壬奇门"之术,在结构复杂的空间里,充满了神秘的气氛。每走一段,就能看到地道的墙壁上挖出一个小坑,那是古时放置油灯的地方。沿着路标一路游览,我不禁为地道强大的功能而折服。在三层的立体空间之内,既有马厩、粮仓、兵屯,还有监视、指挥、陷阱、闸门、通气和通水等设施。甚至还有六口水井,每一口井的井壁上,都开有洞口,如果遇上战事,城堡中的人可以长期在地道中生存。

每隔一段,地道中都会出现一个土洞,洞中可容两到三人居住,这里并非是供人休息的地方,洞中的人要肩负起放哨的职责。还有几处土洞的外观与放哨用的土洞有些差别,有些是将军用来指挥作战时使用的"将军窑",有些是关押战俘的"俘虏洞"。

为了抵御外敌入侵,地道中还有一些"猫耳洞",用于躲藏与伏击。地道中的每一层,都有着专属的功能。在地道中生活的人,可以根据顶层透进来的阳光区分白昼,在顶层可见阳光的地方,还有用于喂养牲畜的土槽。硕大的地下空间,可容纳的事物简直超乎想象。

一座地下城堡,蕴含了一种军事战术。"明筑城堡、暗挖地道",城堡中的人,虽生活在当下,却为未来的和平与纷争,做足了充分的准备。

张壁古堡就像一个谜,悄悄地躲在如此隐蔽的一个角落。任何一项古代的文字记载中,都没有留下它的名字。也许是因为它军事用地的身份,刻意对外界隐藏着自己,如今,当人们发现这样一处所在,马上便会被它浓厚的神秘色彩所吸引。

从地道中缓缓走上地面,再一次感受到了阳光的明亮和温度。难怪人们都说太阳代表着希望,虽然只是到地道中短暂地游览了一程,但是从黑暗的世界见到光亮的那一刻,我的内心还是忍不住小小的激动一番。

在村中,一棵千年古槐与百年古柳,根脉相缠,枝干相交,它们就那样紧紧相拥了一个世纪,此情此景,让我想到了《长恨歌》中"在地愿为连理枝"的诗句,不知它们的前生是否是一对生死相许的恋人,死后化作两棵参天巨树,没有任何力量能够再将它们分开。

第五章　北方门庭·繁华过往间 门楣犹可见

紧紧相拥的槐树与柳树，为村中的居民提供了硕大的一片阴凉之地，有些村民在树荫下享受着阴凉，有些村民则尽情地在斑驳的老墙根下晒着太阳。一大片盛开在城墙上方的野菊花，为城墙点缀出鲜亮的黄色，一排大红色的灯笼，在城墙上方轻轻摇晃。

我将目光投射到不远处一辆吱呀摇晃的马车上，那一瞬间，我的神思有些恍惚，赶着马车的老者，眉间有着岁月刻下的清晰纹路，花白的胡子从黝黑的皮肤中钻出来，承载着时间的分量。他将一根烟袋缓缓凑近嘴边，烟袋挪开时，一抹浓浓的白烟从他的口鼻之处升腾。马车上坐着一个光着上身的小男孩，睁着懵懂而好奇的双眼，久久望着我所处的方向。一名身背大捆柴火的女子，蹒跚着脚步，经过我的面前踽踽前行。也许是实在累得走不动，她费力地将身上的柴火卸下，还未来得及将全部的疲劳从身体中驱赶出去，又再一次紧紧抓住捆扎柴火的绳子，费力地使出很大的力气，将自己的身影再次淹没在柴火之中，然后，没有一丝停留，走向巷子深处，我想，那里一定是家的方向。

我仿佛置身于某一部古老电影的画面之中，那城、那树、那人，都将在我的脑海中刻下久久的印痕。

夕阳的金色光芒，照射在张壁村古老的城门，此刻的城门，仿佛身披金色铠甲的勇士，守护着张壁村蜿蜒的入口。夕阳西下，是到了离开的时候，我忍不住转身回望，古城的清净，值得反复咀嚼，身处这样一个清净之地，我不禁对人生展开了剖析与自省。自然的力量固然强大，可是人的力量却也可以左右着许多事情。古时的张壁村人，用古老的工具挖掘出了如此壮观而又庞大的一座地下王国，生活在现代世界的我，又有什么必要为那些细枝末节而苦苦纠葛？想到这里，我的内心终于释然，那些不快乐的曾经，也被夕阳洒下的金色轮廓一扫而空。

碛口·九曲黄河第一镇

碛口，九曲黄河第一镇，几百年来，悠远的黄河文化与浑厚的黄土风情在这里碰撞出诱人的古韵，黄土高坡的文明与纯真，让碛口变得更加迷人。有多少人将碛口当作心灵的家园，碛口的名字，也随着滔滔不绝的黄河之水，漂向四方。黄河的巨浪声声，仿佛在向世人讲述着这座黄河边的古城，曾经作为水陆交通枢纽时的一派繁荣。

还未见到碛口的真容，却先听到了与它有关的歌谣"九曲黄河十八弯，首肯碛口金银山"，与江南古镇相比，小巧的碛口古镇似乎并不算起眼，然而，它就像一块金黄的琥珀，镶嵌在被黄河巨浪冲击而成的峡谷之中。

明清时期的碛口，以并不伟岸的身躯，肩负起水旱陆路转运码头的重任。这座黄土高坡上的金银山，在中国的历史上，为晋商的繁荣增添了更加浓墨重彩的一笔。

大自然用它的鬼斧神工在人间雕塑出一道道奇景，奔流不息的黄河，也是大自然用来雕琢人间的工具之一。河流的冲蚀与地下水的溶蚀，在碛口上游的砂岩上刻画出百里浮雕，石英石从砂岩中脱落之后，形成了石窟、石龛，以及各种动物的形态，这是黄河送给碛口的一座天然画廊。

第五章　北方门庭·繁华过往间 门楣犹可见

　　天然水蚀而成的地貌奇观,创造出各种各样的图画,有些像音符,有些像迷宫,丰富的艺术感染力,处处彰显着震撼人心的黄河魂魄。没有人去专门定义岩石上的图像,究竟是人物山水,还是飞禽走兽,一切都由自己发挥着丰富的想象。

　　在自然奇观面前,我终于发觉人类的渺小,人们都说黄河是中国人的母亲河,我竟然从未想到,她还是一位浪漫多情的艺术家。

　　古老的黄河从青藏高原一路奔腾入黄土高坡,骤然变窄的河道,也激发出快速的水流,湍急的河流冲刷出一片险滩,也就是古人口中的"碛"。

　　黄河第一碛,也就是极负盛名的壶口瀑布,排山倒海般的黄河水,在这里此起彼伏地推行而来,再骤然倾斜入壶形的峡谷,数十米高的水

柱随着河水跌入峡谷的瞬间迸发而出,发出轰鸣巨响在山谷间回荡。

可以说,是黄河造就了碛口的辉煌,而碛口并未让黄河就此止住脚步,一条支流不断冲击着大量的砂石,形成了另一篇怪石嶙峋的滩涂,黄河之水在突然狭窄下来的河道中变得越发湍急,滔滔巨浪让这片滩涂变成了一处难以通行的水路,而这座难以逾越的天然屏障,就是被称为黄河第二碛的大同碛。

如同雷鸣般的澎湃水流声,冲击着我的耳膜,如此壮观的声音,让我乘坐的游船并不敢靠得太近,原本平缓的河流,在这里被挤压成一堆,乱石阻挡出了巨浪,惹怒了平静的黄河,在乱石面前发出声声怒吼。

让人难以想象的是,如此凶险之地,竟然诞生出一项无比刺激的极限运动。当地的年轻小伙子常常组成队伍,头上扎着白毛巾,撑着小木船去冲碛,用黄河的巨浪,挑战自己的勇气。

然而在古时候,黄河的浊浪拍打着大同碛的岸边,向往来的商船宣告着此处无法通行。即便是经验最丰富的老船公,也只能面对着巨浪发出无奈的叹息,行走到碛口的商船队伍,不得不在这里舍弃水陆,将全部货物搬运上岸,改为陆路运送。

凶险的巨浪换来了碛口的繁荣,往来穿梭在城中的运货队伍,为碛口营造出一派热闹景象,这一热闹,就过去了二百年的光阴。

从清代乾隆年间开始,每天都有几百条商船停靠在碛口的码头,运送货物的骆驼、骡马,几乎挤满了整座碛口古镇。西北盛产的皮毛、药材、麻油等商品,都要经由碛口进行转运到华北和江南,关内的丝绸、陶器、茶叶,也要经由碛口运往关外。

难怪人们将碛口称作"水旱码头小都会,九曲黄河第一镇",站在

第五章 北方门庭·繁华过往间 门楣犹可见

码头岸边,我似乎可以见到百年之前,数十里的黄河之上千帆林立,各种货物在码头堆积成山,货物的主人和搬运货物的工人在码头与镇中的街道上川流不息,闭上眼睛,耳边仿佛传来纤夫的号子声,骡马的嘶叫声,算盘噼啪作响的声音,各种声音叠加出一幅古时商业都会的热闹景象。

为了方便货物的运输,碛口古镇硬是在曲折的道路上开辟出三条商道,西市街紧邻码头,许多货栈分布在街上;中市街是一片热闹的商业区域,最热闹的时期密布着三百多间商铺;东市街是向东而行的旱路起点,许多贩卖骆驼和骡马的店主在此经营。

如今的东市街,已经变成了一片居民区。但曾经遗留下来的店铺、商行与车马店铺,依稀可以看出古时商道的繁荣。遥想当年,多少商人在这里叫喊贩卖,络绎不绝的叫卖声,喊出了古商道的繁华。

古镇·深陷温柔的生活

第五章　北方门庭·繁华过往间 门楣犹可见

如今，畅通无阻的铁路，让碛口退出了商贸集散地的历史舞台，历经二百年繁华往事，碛口终于恢复了曾经的平静。它仿佛一位洗尽铅华的绝世名伶，在退下舞台之后，依然浅吟低唱着往事，却也享受无人关注的平静。

碛口隐藏了太多悠远的历史，那些曾经被人称道的故事，已在不知不觉中沉睡了百年。走在碛口的古街，门楼上方"碛口"两个大字吸引了我的眼球。石板铺就的街面，依然保留着百年之前形成的车痕。古街两旁的店铺一个紧挨一个，这里曾经是古镇最热闹的地方，当年，饭店、百货、票号……各色商铺在此云集，每一间商铺都有着明清时期的典型建筑风格，陈旧的木窗与木门，散发出黄土高原古朴的韵味。

当年的碛口，光是油店，就有三十六家之多，天聚隆就是其中之一。据说，当年背油篓的苦力会随手把手上的油抹在院墙上，天长日久，在院墙上就形成了一片又一片黑色的油皮，站在院中，仿佛依稀还能闻到油在时间中发酵出的气味，每一个形成气味的分子，都在缓缓向人们讲述天聚隆当年的故事。

早就听说山西乔家大院的第三代掌门乔致庸在碛口设立了一间票号，无处不在的晋商票号，让我顿时萌生了我要瞻仰一番的兴趣。这间叫作"大德通钱庄"的票号，在古时曾经门庭若市，如今，历经风吹雨打的古建筑已经难掩破旧的外观，虽然风光不再，却依然在漫长的岁月中散发着晋商重德重义的诚信光芒。

相传，乾隆年间，乔家创始人乔贵发在碛口结识了富商陈三锡，陈三锡带着大笔银两和伙计外出做生意，不料，伙计在半路将陈三锡推进黄河，之后住进乔家。乔贵发一眼看出伙计身背的褡裢上有陈记的字样，心生不祥的预感，想要报官，正巧在半路将大难不死的陈三锡搭救

古镇 · 深陷温柔的生活

上来，两人从此结为生死之交。

陈三锡想要赠予乔贵发银两，他却无论如何不肯接受。于是陈三锡将银两借给乔贵发，作为生意上的资本，于是，两人相互照应，生意越做越大。两人的友情，也成为晋商中流传的一段佳话。

在碛口古街上，处处都可见到挂牌的老字号商铺，许多商铺也与历史上的名人有关。清朝末年，英国生产的公鸡牌旱烟丝，十分受碛口的烟民所欢迎。到了民国，孔祥熙创办了"祥记烟草公司"，销售的洋卷烟，在碛口古镇引发了一轮全新的时尚，当时的碛口人，都以叼着这家公司出售的卷烟为傲，似乎一根小小的卷烟，能让人的身份随之而抬高。

作为生意人，孔祥熙有着出色的生意头脑，在卷烟中尝到甜头之后，又开办起了"义记美孚煤油公司"，让伙计们挨家挨户赠送马灯，里面灌着半壶煤油。碛口的百姓见识到马灯的便利之后，很快就挤在孔祥熙的商铺门口抢着购买煤油，"义记美孚煤油公司"也成了碛口当年最红火的煤油铺。

第五章 北方门庭·繁华过往间 门楣犹可见

脚步带着我渐渐走向碛口的高处,黑龙庙坐落在古镇中心的制高点,古时的人们,每到旱季,就会来庙中求雨,因此,黑龙庙的香火常年鼎盛。

站在庙门口,就可以远眺黄河,俯瞰古镇的全貌。黑龙庙并不像一些知名的庙宇那样壮观,是一座依山而建的两层建筑。这座建于明代的庙宇,虽不豪华,却也算得上巧夺天工。

站在大殿对面的戏台上,就能清晰地听到黄河的浪涛声声。据说,每年都有戏班在戏台上唱戏,不用音响设施,唱出的戏曲十里之遥皆可闻。唱戏的习俗与初五初十赶集的习俗一样,一直保留至今。

有人说,历史就是一道轮回,有兴必有衰。碛口从当年的繁华中,渐渐淡出了人们的视线,然而,却并未被历史抛弃。它就像一位饱经沧桑的老者,虽须发皆白,却从双目之中透露出饱满的精气神。无须为如今的平静感到落寞,因为它曾经的过往,本身就已经书写了一段传奇。

皇城相府·沧桑的古城堡

不知不觉,北方古镇之旅已经开启了近十天。这段日子,习惯了每天面对着北方古镇的大气沉稳,也习惯了在每一天的结束,沉淀自己纷繁复杂的心情。所谓旅行,不只是单纯地看看风景,只有在行走中获得生命的启迪,才能真正找到旅行的意义。

我将皇城相府,作为北方古镇之行的收尾。那里没有满街林立的高楼大厦,没有现代化的设施与生活,可却处处充满着轻松和自在的氛围。

对于皇城相府来说,我不过是一个过客,然而我却已经在行走的过程中,久仰它的大名。皇城相府是一个组群式古堡建筑群,原本叫作"中道庄",从明代开始直到清代,历经几百年才正式建设完工。

提到皇城相府,就不得不提到一手将其修建而成的陈氏家族。看到这个家族在科举中取得的辉煌成绩,才终于了解书香门第的真正含义。从明孝宗到清乾隆年间,短短的二百多年,陈氏家族就出现了41位贡生、19位举人、9位进士、6位翰林,38个人入朝为官,职务分布在大半个中国,大多数陈氏家族的为官者,都因为显赫的政绩而被百姓称道,在康熙年间,陈氏家族中甚至同时出现了16位翰林,由父到子,由兄到弟,满门翰林,的确为人称颂。

第五章 北方门庭·繁华过往间 门楣犹可见

在康熙年间,陈氏家族中最出名的学士应该就是康熙皇帝的老师陈廷敬,身为大清王朝一代名相,陈廷敬不仅是一位政治家,更是文学家、理学家和文字学家。他同时主持了包括《康熙字典》在内的多部文化典籍的编纂工作,任职五十年间,为清朝鞠躬尽瘁,立下了举世瞩目的卓越功绩。

因为陈廷敬的宰相身份,他的故居有了"相府"的美名,又因为康熙皇帝曾两度在此下榻,因此又名"皇城"。皇城相府的名字,就由此而来,康熙皇帝在晚年亲笔题字写下的"午亭山村",一直被皇城相府当作荣耀,悬挂在门楼的上方。

手表上的指针指向上午九点,每天的这个时候,在皇城相府楼前的广场上,会有一场"迎圣驾"仪式表演。我在广场前方的看台上选择了

一处绝佳的座位，刚刚坐定，门楼里就传出了一阵清脆悦耳的音乐声。从音乐声中走出一男一女两位演员，眉飞色舞地讲述着皇城中美不胜收的幽静与奇特，紧接着，从门楼中缓缓走来一队整齐列队的仕女，清一色的身着清代服饰，紧随其后的，是手执彩旗的护卫列队走出，优雅的仕女与虎虎生威的侍卫分别排列在广场的两侧。

在如此盛大的场景之中，翩然走出的一位老者，扮演的正是一代名相陈廷敬。气宇轩昂的老者，身上仿佛带着仙风道骨，他在广场上款款站定，一位太监走到他的面前，用细声细气的腔调向陈廷敬宣读圣旨。陈廷敬跪地接旨之后，康熙皇帝率领众嫔妃浩浩荡荡地来到面前，当皇帝审阅了陈廷敬主编的《康熙字典》之后，当场题下了"午亭山村"四个字，用陈廷敬的字号为他的宅院赐名。

第五章　北方门庭·繁华过往间 门楣犹可见

一场早朝，拉开了皇城相府一天的序幕，这座古老的建筑群落，也正式向游人敞开了怀抱。我走下看台，并没有急着随同其他的行人一同进入，而是站在御书楼的下方仔细观望，在"午亭山村"四个大字的旁边，还悬挂着康熙皇帝亲手题写的一副对联："春归乔木浓荫茂，秋到黄花晚节香。"这是一代明君对一代名相的极大褒奖，短短十四个字，却歌颂了陈廷敬一生的功绩卓著。对面的山脚下，同样有着用舒同体写就的一副对联："清如秋菊何妨瘦，廉如梅花不畏寒。"这一联，是在赞扬陈廷敬的清正廉洁。这两副对联仿佛是皇城相府在骄傲地告诉世人，它曾经的主人是多么让人钦佩与崇敬。

相传，在接到编纂《康熙字典》的任务时，陈廷敬已经是七十二岁的高龄，当时的他，既是内阁宰相，又是当朝老臣。为了专心修编《康熙字典》，他辞去了全部职务，因为与他一同修编字典的文华殿大学士张玉书忽然重病不起，全部重任，从此落在陈廷敬一人身上。

一位白发老者，整日伏案工作，此情此景，让前来巡视的康熙皇帝颇为感动。他当场写下了"午亭山村"的匾额和旁边的一副对联，写到动情之处，康熙皇帝甚至说出"朕特书此匾与卿，自此不再与人写字矣"。

他将生命的最后一刻也用在了编纂《康熙字典》的任务上，可惜，陈廷敬并未亲眼看到《康熙字典》编纂完成，只将勤奋与认真的精神，融汇在了字典的每一个字当中。

读过这两副对联，就像与这位宰相进行了一次心灵上的沟通。带着一种奇妙的满足感，我跨进了皇城相府的大门。一座气势恢宏的石牌楼，出现在我的眼前，整座牌坊全部石雕而成，一个个代表吉祥的瑞兽簇拥环绕着牌坊，上方雕刻的龙凤形状，为牌坊增添了壮观的气势。

在牌坊的上方,刻着"冢宰总宪"四个字,"冢宰"即是宰相,"总宪"代表督查院左都御史,简单的四个字,宣告着屋主人的身份。牌坊的两侧又各刻着四个字,分别为"一门衔泽""五世承恩",陈氏家族不仅除了陈廷敬这样一个高官,他的许多兄弟子侄在朝中都有着或大或小的官职。

安牌上,刻着陈氏家族的官职和功名,这代表着一个家族的传世荣耀,在陈廷敬的一栏,写着"戊戌科赐进士正一品光禄大夫经筵讲官吏户刑工四部尚书督察院掌院事左都御史陈廷敬"。

从皇城相府走出时,陈廷敬年仅二十岁,在他四十余年的政治生涯中,经历了二十八次升迁,成了康熙皇帝身边重要的辅佐大臣,他立下的显赫功勋,足以让陈氏一族为之骄傲,陈廷敬也成为陈氏后人世代敬仰的楷模。

点翰堂位于陈氏家祠里侧,相传当年康熙皇帝驾临皇城相府时,亲笔将陈廷敬之子陈壮履点为翰林,于是,陈家将前堂的名称改为"点翰堂",康熙皇帝走过的大门也被称作"御道",除了皇帝之外,其余的文武大臣及平民百姓只能从东西两侧的偏门出入。

一条狭长的通道,通往皇城相府的后花园,花园的北侧,是女眷居住的地方。陈廷敬女儿的闺房就在那里,房顶的瓦片依然铺排得如当年一样细致柔和,与其他房屋不同的是,女眷的房间并没有翘起的飞檐,这是古人的观念,认为女子要懂得三从四德,孝顺贤惠,因此做人不可以有棱角。

小姐闺房中,挂着一副楹联,上面写着"苍松万古青永驻,云鹤千年寿无疆",这副楹联出自乾隆皇帝的御笔,与之相映衬的,是用木材雕刻而成的屏风隔栅,名贵的材质与皇帝的亲笔,无一不在显示着宰相

第五章　北方门庭·繁华过往间 门楣犹可见

女儿身份的尊贵。

　　从小姐闺房就可以通往后花园，沿着通道，便是一处望河亭，亭台楼阁之间，山水花树尽存，如此别致的景致，才配得上闺阁女子的优雅。

　　在皇城相府中高耸而出的，是河山楼。它的名称来自"河山为围"，建于明代末年战乱之时。一共七层的建筑，让它成为皇城相府中最高的一座楼。南侧的拱门两旁，各有一条防火通道，四百年风雨吹打在砖石的楼面上，却依然没有摧毁它的飒爽英姿。

　　在河山楼内，可以储藏许多粮食，这是当年陈氏家族为了抵御外敌而建的防御建筑，除了储存粮食，楼中还有碾子、石磨和水井，甚至还挖掘了一条通往城外后山的地道，如此防御齐全的设施，其先进程度并不输于现代。

　　沿着台阶拾级而上，我缓缓走向相府楼顶，从下往上，大约有近百级台阶，每隔几级台阶，便间隔着一座平台。奇妙的是，在登上台阶

191

时，人们只能看到面前的台阶，却看不到上面的平台，这寓意着"步步高升"，而从上向下看，却只能看到平台，看不到台阶，这寓意着"平步青云"。

我不得不佩服古代建筑工匠的匠心独具，将美好的寓意与建筑合二为一，彰显着古代先人的聪明才智。

一间房屋的墙壁正中，挂着康熙皇帝的画像，画中的人身着皇袍，有着非凡的气势。这就是康熙皇帝曾经居住过的卧室。房间并没有我想象的那般气派，房间中的陈列的琴棋书画，也不过是古时文人家中大多必备之物。

紧邻皇帝卧室的，就是供皇帝单独使用的书房，书房名叫"佩文韵府"，《康熙字典》就陈列在其中。门口的一副楹联，同样出自康熙皇帝的亲笔"字融九域无双侣，典占三千第一春"，同样是对陈廷敬一生功绩的肯定。

陈廷敬的私塾就坐落在不远的前方，按照他的样貌制成的蜡像，依然端坐在书房的书桌旁边。蜡像的手中还拿着书本，栩栩如生的一位老者，仿佛还在为了大清江山奉献着全部的力量。

皇城相府的止园花园，几乎可以与苏州园林相媲美，这是旧时陈家子弟读书的地方。自然的绮丽风光，映衬着巍然的古旧宅院，错落典雅，幽深曲折，随意徘徊，到处可见楹联与画作。

皇城相府，如同一颗璀璨的明珠镶嵌在太行山上，其中浓厚的文化韵味，滋养着绚丽典雅的人文风情。

与一代名相的心灵对话暂且告一段落，暮色中的皇城相府，显得格外庄严而凝定，在四溢的宁静中，一颗心也缓缓沉静。走过一程山水，雨露撒在心中，内心也变得丰盈。

第六章

西南往事·风花雪月浓 恍如一梦中

黄龙溪·精雕细刻的岁月

听说过这样一句话:"岁月,就是一场跋涉,人生,就是一场绽放。"无论是坎坷或是坦途,生活的最后总归是平淡。只有行走的日子,教会我如何洒脱的看开,笑对繁华成烟。

五千年的历史,在中华大地的各个角落塑造起一座座古老的城镇。在广袤的川西平原上,坐落着一座黄龙溪古镇,乍一看去,那小桥流水,粉墙黛瓦,让我还以为一不留神又重回江南,然而,细细品味之后才发现,虽然与江南古镇有着同样的外观,可黄龙溪的内在却包裹着浓厚的川西古蜀民风。

也许有人觉得每一座古镇都大同小异,我却觉得其中的历史与底蕴大相径庭。黄龙溪这座位于四川省成都市西南部的古镇,已经默默地在川西大地上生存了一千七百多年,漫长的岁月让镇中的一些建筑已经难掩残缺的容貌,可这才是古风与古韵的体现,因为生活在现代的我们,已经看了太多崭新的高楼大厦,每一座新建的大厦都依次攀比着刷新建筑历史上的一个全新高度,可那色彩斑斓的外观与充满科技感的设计,却无论如何无法让人找到亲切的感觉。

反而是黄龙溪的断壁残垣,一下子拉近了我与这座古镇之间的距离。残缺的砖墙并未显出颓废与破败,一派绿意将这里点缀得既沧桑

第六章 西南往事·风花雪月浓 恍如一梦中

而又富有生机。古镇中的热闹景象，全靠人来点缀，这里不似一些古镇的幽静，而是往来着三三两两的行人，呼朋引伴的声音与商家此起彼伏的叫卖声相交融，谱写出一首生活的交响曲。

走遍中国各地，才会发现，"美食的国度"确实不是一个虚名。哪怕在一座近两千年历史的古镇中，依然可以随处见到贩卖当地特色小吃的商贩。吹糖人、画糖画、甩面条、各式手工糕点，全部是川西当地的风味小吃，走在古镇中，仿佛徜徉在一片美食的海洋，每一种小吃，都代表着黄龙溪，向游人展示着自己最大的魅力。

耳畔听着溪水潺潺，空中飘荡着朵朵柳絮。溪水的对岸，是一片蜀绣的王国，美丽的蜀锦罗缎、丝绸花绣，会让每一个爱美的女子挑花了眼。在蜀绣中漫步，我似乎感受到那一块块色彩缤纷的锦缎中散发出的神奇魔力，它用无声的召唤，吸引我走到它的面前，用积攒了千年的灵

性，愉悦着我的感官。

　　见过许多小巧的古镇，黄龙溪就显得大了许多。光是走过长长的小溪，就已经消耗了不少时光，一座石拱桥，成为通往另一番景象的入口。相比于刚刚的喧闹，这里重新找回了古镇的静谧，依水而建的一栋栋青砖黛瓦的民居，蕴含着饱满的蜀地民居风韵。

　　突然变换的画风，让我一下子很难适应。我站在小桥上久久不愿相信自己的双眼，如此空灵飘逸的景象让我有些恍惚。一叶小舟从远处漂过，并非是哪位游人心血来潮的举动，而是当地人的日常生活。

　　原来水乡古镇并不是江南的特权，东临府河，北靠牧马山的黄龙溪，不仅是一座美丽的川西水乡，更是成都历史上的屯兵要地，江防据点。据说，三国时期的诸葛亮，曾在这里重兵驻扎；明代农民首领张献忠，也曾在这里与官军苦战。

　　青石板铺就的街面上，青瓦与木柱，组合成了一座座古朴的屋舍，每一座屋舍的窗口，都有着精美的镂刻，居住在这些房屋之中的人们，是有着怎样的悠然？

　　四川人的"慢生活"，在古镇中更是展现得淋漓尽致，用当地的方言来说，这样的生活叫作"安逸"，每天清早，在街边上就能看到已经成立起麻将的"战局"，一壶清茶，加上悠闲地搓麻、聊天，就是当地人最简单的快乐。

　　走在古镇的正街，竟然一下子与三座寺庙不期而遇，分别是古龙寺、镇江寺、潮音寺。这足可以称得上是"街中有庙，庙中有街"，似乎在许多佛教国度中，也很难见到"一街三寺庙"的奇景。

　　古龙寺是古镇中修建得最早的一座寺庙，坐西向东的格局，让寺庙直接面对着山门。一座千佛铁塔，矗立在大殿的一侧，大殿的正前方，

第六章 西南往事·风花雪月浓 恍如一梦中

端坐着黄龙祖师的塑像。古时候，黄龙溪的百姓热衷于看戏，整座黄龙溪古镇，光是戏台就有九座。如今，只剩下古龙寺门口的一座"万年台"，还保留着当年的模样。

虽然见不到善男信女熙来攘往上香的景象，可古龙寺中的香火极为鼎盛，一只小猫静静地卧在佛像下方的蒲团之上，低头向下，微闭着双眼，像是在小憩，又像是在向佛祖祈愿。

如果说"一街三寺庙"是世间少有的奇特景致，那么寺庙中又包含着一座衙门，更是奇景中的一道奇景。古龙寺中的"三县衙门"，设立于清代，主要治理华阳、彭山、仁寿三座县城的民事纠纷与匪患，衙门口悬挂着一副对联"黄龙穿山伸出龙爪抱鸡翅，白马临江勒转马头望虎岩"，三县衙门的管辖范围巧妙地隐含在对联之中，衙门中的一个脚印，便是古时华阳与仁寿两县的交界之地。

古镇·深陷温柔的生活

如今,寺中有衙门,衙门管三县的奇景,在世间已经仅此一处,如此的布局,不仅演绎着一座古镇的风韵,更诠释着一种古老的生活方式。

古老的寺庙,承载着古时的人们对生活的美好祈愿,一柱柱清香,升腾起的烟雾使人心静,一声声呢喃的佛音,涤荡了多少蒙上尘埃的灵魂。

与古龙寺遥遥相对的,是坐落在正街北侧的镇江寺,它的历史比古龙寺更加久远,寺庙中供奉的镇江王杨泗,保佑着江面上过往的船只的安全。千年古刹的门前,生长着一株千年榕树,一株辣椒似乎不愿让榕树独自忍受着寂寞,寄生在榕树之上,与它默默相伴。榕树繁茂的枝叶遮天蔽日,更是为古镇增添了些许灵气。

镇江寺的对面,就是锦江与鹿溪河的交汇,曾经有一句诗句描写两江交汇处的景致"黄龙渡清江,真龙内中藏","黄龙溪"的地名,也

就由此而来。

坐落在正街上的潮音寺，位于古龙寺与镇江寺的正中，这里是一座尼姑庵，供奉着观音大士和弥勒佛，一个慈眉善目，一个喜笑颜开，两尊最平易近人的菩萨，保佑着黄龙溪的人民风调雨顺。

直到如今，每年农历的六月初九与九月初九，在古庙中还能再现昔日热闹的庙会盛况。徜徉在黄龙溪的古街，丝毫感受不到大城市中的喧嚣与嘈杂，这座山清水秀的千年古城，有着弯弯曲曲的石径古道，河边的吊脚楼中，上演着一幕幕川西人民的民俗生活画面，小桥流水，带来了一种古朴而又新奇的全新感官。

我漫步到溪边，找到一处绿树成荫的茶座，点一壶清茶，模仿着当地人，极力享受着安逸的生活。直到这一刻，我终于明白，活着，就是最简单的幸福，凝视身边一幕幕和谐幸福的场景，更加发现，生活中永远不会无路可走，只要用心感受，就会明白，路的尽头，一定还有路。

罗城·梦回三国

飞逝的时光悄悄带走了许多记忆,唯有那些在旅程中收获的美好,历经流年的兜兜转转,依然在脑海深处徘徊。美好的记忆永不会变老,它们将一颗心装满,让心境也会随之保持年轻。

在四川省犍为县的东北部,坐落着一座中国的"挪亚方舟",七个民族在此聚居,这里就是建于明代崇祯年间的罗城古镇。

人们将罗城古镇叫作"挪亚方舟",是因为古镇中修建着一条造型奇特的古街。整条古街就像一条停泊在镇中的古船,当地的一切人文风情与历史风貌,都在古街中得到了保存。

不过,即便是生长在中华大地,也很少有人了解罗城古镇。自从澳大利亚人受到船型古街的影响,在墨尔本仿照古街的形状修建了一座中国城,从此,罗城古镇的名字四海皆知。

还未进入古镇,却在街边看到了一座酷似西洋楼房的建筑。古镇中竟然出现西洋建筑,我正为此感到疑惑,仔细抬头观望,才发现这里原来是一座庙宇,"灵官庙"三个大字,就悬挂在庙宇的上方。

这座建于清代乾隆年间的庙宇,在清代咸丰年间与民国年间各进行过一次重修,至今依然完好保存着民国八年烧制的墙砖。

古时候,雨水对蜀地居民尤为珍贵。每逢大旱之年,罗城百姓都会

第六章　西南往事・风花雪月浓 恍如一梦中

到灵官庙供奉灵官菩萨，祈求降雨。据说，古时的求雨仪式十分热闹，全镇百姓倾巢出动，汇聚于庙前，由锣鼓、旗幡等法器开道，耍水龙的队伍紧随其后，再由灵官庙中的和尚手捧木刻的灵官菩萨塑像，一面行走，一面祷告经文，祈求菩萨显灵，赐予雨水。与此同时，古镇中的每家每户都要在门外摆设香蜡供果，用最虔诚的心向灵官跪拜，向水龙泼水，祈求普降甘霖。

"三宫五庙"，是罗城古镇独有的一道景致，灵官庙，正是五庙之一，除此之外，还有禹王庙、川主庙、肖公庙、星金庙；而所谓三宫，就是南华宫、寿福宫、文昌宫。一座座零散分布在古镇中的庙宇，婆娑着人世间的香火，装点着古镇居民的记忆，更缤纷着古镇的芳华。

同样建于乾隆年间的另外三座庙，已经难见昔日的景象，并且早已被挪作他用。以石雕而文明的禹王庙，如今成了罗城粮站职工宿舍；肖

公庙被社区作为办公场所;星金庙在民国时期曾被用作女子中学,如今成了民居。

只有建于光绪年间的川主庙,虽然也被用作民居,但大部分的外观还保留着当年的模样。川主是巴蜀地区的民间信仰,传说中,川主的原身是秦朝官员李冰,他在灌县上任时,赶上江水暴涨,上游的大片庄稼被淹没,而下游的庄稼又因为缺水灌溉,大片干涸。为了治水,他率人劈开垒山石岩,经过无数个日夜,终于打通了一条水道,既根治了上游连年不断的水灾,又灌溉了下游的农田。为了纪念李冰的功绩,人们将他奉为"灌口神",也就是川主,立祠供奉,祈求他保佑巴蜀免于水旱灾害。

"三宫"中的文昌宫与寿福宫,也已经或为民宅,或为粮库,一场大火将南华宫烧为灰烬,只剩下门口的一对两米多高的石狮子,孤零零地蹲守在原地,被烟火熏黑的脸上,满眼悲凉。

记忆中的许多古镇,都是依水而居,那些或是穿镇而过,或是镇外环绕的流水,为古镇妆点出些许灵气。而坐落在山中的罗城古镇,却偏偏缺水,这也是罗城古镇的独特之处。正因为缺水,在建镇的最初,经由一位高人指点,在古镇的半山腰上修建了一条船型古街,据那位高人所说,这样的造型能够留住古镇中的风水。一座不大的古城,因为这样一条造型奇特的古街,变得独具特色。

古街的名称叫作凉厅街,站在古街的一头向另一头张望,果然发现整条街的结构东西长,南北短,两头窄,中间宽,既像是一艘大船,又像一把织布的梭子,因此有人将其称之为"山顶一艘船,云中一把梭"。

整条凉厅街的街面,就像一个硕大的船底,两侧的房屋就是船舷,

矗立在古街中心的戏楼，仿佛一座宽敞的船舱，街尾的灵官庙就是船的尾篷，船舵则是灵官庙旁边的过街楼，一座高大的天灯石柱，为大船树立起了桅杆，由此可见，古街的船型结构并不是偶然，而是有意为之。

听说，如果在凉厅街品茶，将会别有一番风味。我漫步在古街上，发现这里的确是一处品茶的好地方，一家紧挨一家的茶馆里，全部坐满了人。我选择了一处靠窗的角落，靠在竹椅上，点一壶当地特产的青茶，眼睛看着窗外的景色，耳朵却在听着身边的老者"摆龙门阵。"

四川人将聊天叫作"摆龙门阵"，那位老者绘声绘色地向同桌的人"摆"着当年，他口中的故事，仿佛亲眼见过一般活灵活现。他说，在罗城古镇建立之前，一户姓欧的人家和一户姓杨的人家在此经商，生意十分红火，于是相继建起了许多房屋，多年之后，这些用于经商的房屋就形成了一条繁华的商业街。

老者还说，罗城什么都好，就是缺水。就在我喝茶的这间茶馆，曾经来过一位姓张的客人，当他听说罗城缺水，于是说："罗城旱码头，衣冠不长久。要得水成河，变城修成舟。"于是，罗城居民按照张先生的话，将古街修成了船型，也就有了这座古今罕见的街道造型。

走在罗城古街，仿佛走在现实中的童话世界。不知道电影《世界末日》中，将拯救世界的挪亚方舟登陆地点设置在四川，是不是也受了罗城古街的启发，才有了电影中的灵感。

自古以来，凉厅街都是罗城古镇居民交易和休闲的核心区域，天长日久，便形成了这样一座船型集市，喝茶与打牌，更成为古镇人最主要的休闲方式。有些茶馆，甚至没有招牌，但却终日坐满了熟悉的客人，只要看到有人在长长的屋檐下打牌、喝茶，那就一定是一处对外经营的茶馆，大多数时候，茶馆中的客人往往要等到集市散场，才会身披一身

第六章　西南往事·风花雪月浓 恍如一梦中

夕阳走回家中。

古街两侧的房子，都将宽宽的房檐一直延伸到街上，有些店铺光是房檐就延伸了十多米，坐在房檐下方品茶，既能遮挡阳光雨水，又能感受到凉风拂面，何等惬意。

在古街的另一头，两侧的房檐甚至靠在了一起，互相交错，如果登上山顶向下俯瞰，就可以清晰地看到一艘古船的形状。

除了茶馆，古街上还曾经林立着许多老字号的店铺：三元号、四能堂、丰泰店、长清源、亨又亨，然而，这些老字号如今只能活在罗城百姓的记忆里。因为岁月的变迁，改变了老店的经营，一间间发廊与网吧取代了原来的老店，所有的店铺还保留着当年的外观，然而看到那些现代化的招牌与装潢，只能感慨今日不同往日。

值得欣慰的是，虽然"三宫五庙"已经大多改作他用，不过位于古街上的古戏台又随着往来的客流不断增多，而变得重新火爆。每到节假日，来自县城和市里的川剧团就会在这里表演川剧，一板一眼的节奏，向世人证明着古老文化的传承。

都说"百年修得同船渡"，那么走在这条船型古街上，遇到的每一个人，都可以称之为"有缘人"，难怪许多古镇中的居民，虽然从出生就生活在这里，却一生也不愿意离开。

古老的罗城，让人平添了些许尊重，那种悠闲到骨子里的生活，养育出罗城人平和的个性。茶馆的老板带着满脸骄傲的神色告诉我，罗城的居民永远都不会吵架，这就是古镇赋予罗城人天生的灵性。他们就这样在古镇中静静地感受岁月的更迭，他们对生活的定义，不求最美，但求最真。

李庄·万里长江第一古镇

有些小镇，沉淀着文化和历史，诉说着风云与沧桑。"万里长江第一古镇"李庄，就是这样一座在战争中滋养出无数民族精神的地方。

古时的李庄，不过是一座小小的渔村，滚滚长江为李庄百姓提供了得天独厚的生存条件，到了明清时代，因为有着发达的水路，李庄渐渐成了水运商贸之地，不仅为李庄百姓提供了更多的生计，也让李庄变得日渐繁华。

刚刚走近李庄，就能看到缓缓流动的长江之水，一边是长江，一边是青砖灰瓦的古街，这座长江边上的千年古镇，正在向我尽情展示着那里的民俗风情。

宽阔的河滩上，建立着当地的一座中学，绿树掩映下的操场，散发着浓郁的青春气息。沿着操场边上一条绿树成荫的小路，就能进入李庄，路旁的商铺演绎着热闹的景象，络绎不绝的叫卖声，仿佛可以将游人带入明清时期的繁华。

层层叠叠的石板阶梯，一头连着码头，一头连着街路，这是最典型的川南特色。李庄给我的第一印象，是浓郁的生活气息，并非刻意营造出的景点。这里有着四川最典型的慢生活，用一天的时间在小镇中慢慢游荡，在茶馆中随便找个当地人聊聊天，很快就能融入这里原生态的生

第六章　西南往事·风花雪月浓 恍如一梦中

活方式。

几段历史、几段故事、几座古老的建筑，汇聚成了李庄古镇。从明清时期就已经存在的民居、庙宇、殿堂，如今依然完好地保存着，茶楼与商铺，在古镇的格局中演绎着现代的文明，那些建筑上有着高耸的风火山墙，古色古香的雕花门窗，轻易就能勾起我对古时的无限遐想。

一路走来，并没有看到太过秀丽的风景，然而这才是李庄，默默存在，并不张扬。它就像这里淳朴的居民，没有华丽的辞藻，用川南人特有的热情，心怀容人的雅量。

因为有着博大的胸怀，地界并不宽阔的李庄成了抗战时期的大后方文化中心。当时，因为日军连番轰炸，上海同济大学已经一连

古镇·深陷温柔的生活

迁了五次校址,却依然难逃被轰炸的厄运。李庄无法容忍日军既侵占我国领土,又想摧毁我国文化教育的根源,于是毅然发出电文:"同大迁川,李庄欢迎。一切需要,地方供应。"短短的十六个字,却掷地有声。李庄向同济大学发出了热情的邀请,这座只有三千人的江边小镇,用义薄云天的气概,一下子接纳了一万多名来自外省的老师与学生。

邀请发出之后,同济大学、金陵大学、中央研究院等十多家高等学府和科研院所,都先后迁往李庄,度过了漫长的抗战岁月之后,才重新迁回原处。林徽因与梁思成夫妇,在李庄居住了六年之久,梁思成甚至还在李庄完成了《中国建筑史》这部巨著。

李庄用并不宽阔的地面,滋养了一个国家的民族精神,传承着一个民族的文化,光是这一项伟大的壮举,就足以值得后人世代铭记。

第六章　西南往事·风花雪月浓 恍如一梦中

李庄与同济大学，等于结下了生死存亡的友谊，一座"李庄同济纪念广场"，以及广场上高耸的纪念碑，就是对这段友谊最好的纪念。路过李庄中学时，我看到教学楼上悬挂着一排红色的大字："同心同德同舟楫，济人济事济天下。"这是同济大学的育人理念，它的文化精神，已经深入了李庄人的骨髓。

从来没有哪一个古镇，能够让我心生澎湃之情。拐进小巷之中，刚刚的热闹顿时转变为静谧，刚刚激动的心情，也随着身边的氛围而渐渐平静。幽深的小巷隐藏着古老的民居院落。几乎每一座民居上都有着精细的木雕石刻，栩栩如生的图案，不仅是生活的点缀，更是一门艺术。

李庄的小巷，就像一个古老的村庄。没有许多身着时尚服饰，背着背包、挂着相机的游人，更没有商业化古镇中的灯红酒绿，只有当地的老者在茶馆里喝茶、"摆龙门阵"，白发苍苍的阿婆们在自家门口纳着鞋底，一面和旁边的邻居说笑。她们的脸上没有任何劳作时的辛苦与无奈，而是挂满了对这种慢节奏生活的享受。

十八条保存完好的明清古街巷中，石板铺砌而成的街面，可以清晰看出岁月刻下的痕迹。墙根下斑驳的点滴，都是古巷对于过去的记忆。每一条街巷的名字都很特别，大多是根据古时的用途来命名。"羊街"，就是当年的牛羊交易市场，而"席子巷"，就是当年加工和销售草席的地方。

每一间民居的门外，都有两扇齐腰高的矮门，当地人将其称为"腰门"，它保护着屋内居民的隐私，又能让光线恰到好处地照射进房中。

李庄的民居都有着清一色的青砖灰瓦，大大小小的四合院紧密相连，透过一些没有关闭的院门，可以看到院中栽种的花草，历经岁月沧桑，花草鲜艳依然。

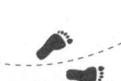

古镇·深陷温柔的生活

即便是白天,街巷中也并没有太多行人。只有三三两两的居民坐在石阶上闲谈,孩子们在一旁静静地玩耍。古旧的台阶几乎已经被千百年来的脚步踏破,整齐排列成一线的屋檐,见证着李庄居民千百年来的和谐气氛。

占地四千平方米的张家祠堂,堪称李庄最宏伟的一座建筑。祠堂的厅房共有五十扇由上等的楠木制成的门窗,每一扇门窗都精雕细刻着两只栩栩如生、形态各异的仙鹤,环绕在雕刻出的流云之中。这寓意着"百鹤祥云"。据说,这样的门窗在当年售价不菲,仅是雕刻,就要给出每扇14两纹银的价钱。一扇门窗,就是清代一个正一品官员一个月的月俸,就连梁思成也曾经为如此奢华而精湛的艺术赞叹不已。

张家祠堂不仅承载着一个家族的兴亡,更收纳着一个民族文化的重量。在抗战时期,故宫博物院将数千箱珍贵文物运到李庄,就在张家祠

第六章 西南往事·风花雪月浓 恍如一梦中

堂内保管,一放就是五六年。

当年,同济大学迁来李庄,就将校址设立在禹王宫。如今,禹王宫已经更名为慧光寺,寺内的九龙石碑上,雕刻着九条穿梭遨游于云海之中的神龙。每条龙的龙头、龙身、龙尾依然清晰可辨,龙口之中,还各含着一颗灵活转动的宝珠,巨龙将宝珠牢牢含住,从不脱落。

曲折地绕了一段路,终于发现"营造学社"的所在,附近并没有任何指示牌指向这里,如果不是当地人的热心指点,几乎与这里擦肩而过。这里是李庄在抗战时期的文化聚集地,清幽与朴素的环境,彰显着那个年代文人的雅趣。

营造学社的周边,是一片翠绿的竹林,一间白瓦房,如同竹林中镶嵌的一颗珍珠,纯洁且高贵典雅。来到这里的人,都不愿发出任何稍大一些的声响,生怕打扰了安静的气氛。营造学社的房门并未关闭,通过

敞开的院门,可以看到院中的一把竹椅。当年生活在这里的学者,一定常常坐在这把竹椅上构思学术著作,思考未来的人生。

从悬挂在墙上的老照片可以看出,这里还依然保留着当年的布置,简单的家具,依稀透露着生活的温馨。梁思成当年的办公室就坐落在这里,据梁思成回忆,他和林徽因在营造学社中,与来自各地的文化同仁们一同度过了一段艰苦而难忘的时光,这里原本叫作"月亮田",浪漫而又诗意的名字,正符合文人学士的情趣。

那时的学者们,在连年的战火中,生活变得十分拮据,梁思成夫妇甚至还当掉了心爱的派克笔和金表,只为了换回两条草鱼补补身体。不过,艰苦的生活并未泯灭学者们的乐观精神,面对无处不在的战争,他们也早已经看透了生死。

林徽因的儿子曾经问过她,如果日本人打到四川怎么办。她却十分平静地告诉儿子,家门口就是扬子江,万般无奈的时刻,还可以走上中国读书人的"老路"。这条"老路",就是慷慨赴死,死亡已经无法让任何一个学者感到恐惧,他们平静的表情之下,是完全超脱生死的民族精神。

透过梁思成的办公室望向窗外,可以看到当地百姓的民居。战火已经在这片土地上彻底熄灭,炉灶里的柴火,烧旺了如今平静祥和的日子。民居的院子里,晾衣绳上还挂着刚刚洗好的衣服,太阳照射着从衣服上落下的水滴,清透的光芒之下,是李庄人面对生活的宠辱不惊。

李庄最出名的白肉与白酒,让整座古镇的上空都弥漫着麻辣的鲜香。头顶的阳光渐渐被厚厚的云朵取代,没过多久,竟然淅淅沥沥下起了小雨。雨中的古建筑,更加彰显出浓厚的文化积淀,朦胧的雨雾,更为这座小镇蒙上了一丝浪漫的气息。

龚滩·乌江画廊的梦田

厚重的光阴总是记录下青山绿水般的画卷，将动态的画面定格，每一帧都是一场盛世的景致。折叠起的时光，每翻到一页，都能重温脚步之下行走过的一片梦田。

并不是只有爱情才能滋生出风花雪月的情感，行走，也能唤发起生命中最纯真的渴望。来到龚滩，一处璀璨的乌江画廊，它的容貌似乎不及江南水乡的温婉，它的姿色似乎不如湘黔古楼出众，然而，汹涌的江水只能埋葬它的繁华，却无法掩饰它在时光中刻下的辉煌。

龚滩是一片古老而神秘的地域，光是名称的由来，在民间就流传着许多不同的版本。有人说，在唐代年间，龚滩后山坡的凤凰嘴岩石崩塌，许多姓龚的居民与过客不幸遇难，因此这里才得名"龚滩"。

也有人说，只是因为这里曾经居住着姓龚的名门望族，才因此得名；还有人说，是在很久很久以前，一位姓共的氏族首领在此处避难，隐姓埋名改姓为龚，寓意龙的后人，龚滩才有了如今的名字。

不过，民间流传最广的，是一则带有神话色彩的传说。传说中，乌江与阿蓬江，是一大一小两条龙，两条龙合力穿过川黔交界的峡谷，形成一处水流湍急的险滩，于是，人们将这里叫作"龚湍"，谐音"龚滩"。"龚"的含义，说明此处是两条龙合力所开。

古镇 · 深陷温柔的生活

　　无论哪一种传说，都已经无从考究。龚滩这个俊美的名字，已经在世人的口中流传了千年。

　　汽车在岭上急速行驶，车窗外，一条江水如同一条玉带在山脚下缠绕，那就是美丽的阿蓬江，缠绵的江水，就像它的名字一样动人。从山村中升起的袅袅炊烟，勾勒出龚滩婀娜曼妙的曲线，仅仅是这初见的一瞥，就足以让我在它的美丽中沉沦。

　　许多艺术家都将龚滩当作一片艺术灵感的来源，这里诞生出多少精美绝伦的画作，也"谋杀"了多少摄影师手中的胶卷。

　　如玉的青石板老街，串联着整座龚滩古镇。一代又一代的龚滩居民，从赤脚行走，再到穿上草鞋、布鞋，直到皮鞋，他们的脚步将从远

第六章 西南往事·风花雪月浓 恍如一梦中

古而来的青石板摩挲得既光滑又润泽,它们从未遭受过任何车轮的碾压,无论晴天还是雨天,青石板路上都纤尘不染,如玉般洁净。

一座座高挑的吊脚楼临崖而建,激发着游人的好奇,挑战着人们的勇气。吊脚楼上残破的雕花栏杆,见证过龚滩的兴盛,也饱含着衰败过后的悲凉。龚滩的吊脚楼,从南宋一直修建到现代,百年的风云为古老的建筑笼罩上一抹沧桑,却从未侵蚀它的稳固。直到如今,这些百年以上的吊脚楼还可以居住,经久耐用的程度,丝毫不输于现代钢筋混凝土的建筑。

在吊脚楼中居住的,大多是年迈的老者。年轻的人都选择去新镇中居住,只剩下那些不愿离开故乡的老人,日夜守在吊脚楼中,只有听着耳畔汩汩作响的江涛,才能让内心感到平静。

古镇·深陷温柔的生活

一口拥有七百年历史的四方井,坐落在老街,四四方方的外观,无愧于它的名字。见惯了北方乡镇中从地面上钻出的圆形井口,第一次见到镶嵌在崖壁上的四方井,不免感到新奇。井中流淌的是山泉水,那是龚滩人千百年来的生命之水,如今,老街上仅剩的几户居民,也全部围着四方井而居。

我忍不住掬一捧四方井中的泉水润喉,甘冽清甜的味道,传递出悠远而古朴的传统,终于让我知道什么叫作原生态的生命。

第六章　西南往事・风花雪月浓 恍如一梦中

　　四方井旁一条狭长的石阶，通往老街上最后的几户人家，也许这是老街风韵最后的坚守，当这几户人家离开之后，龚滩原汁原味的老街特色，再也无处找寻。

　　走在龚滩老街上，几乎遇到的每一座吊脚楼，都蕴含着一个动人的故事。

　　织女楼中，流传着一个美丽却又凄凉的故事，相传一名外地男青年来到龚滩，与当地的土人一同生活。从最初的被排挤，到后来渐渐被接纳，最后，一名美丽的姑娘对他芳心暗许。为了解决族人缺粮的问题，这名男青年去向临界求助，不料中途遇难，永远无法回到龚滩。那名美丽的姑娘整日在龚滩的吊脚楼中期盼他回来，因为过度伤心，早早香消玉殒。女孩居住的吊脚楼，就被当地人称为织女楼。

　　鸳鸯楼中的故事，更像是土家版的罗密欧与朱丽叶，两户相连的人家，一家姓杨，家中有一名男孩，另一家姓冉，家中有一名女孩，青梅竹马的两个年轻人，渐渐日久生情，然而门当户对与种族观念深深地桎梏着两家家长的观念，他们生生将两个人分开，最终男孩终身未娶，女孩终身未嫁。为了纪念两个人悲惨的恋情，于是将两户人家前方的楼称作"鸳鸯楼"。

　　每一座古镇中，都坐落着一些古老的寺庙。却很少有像龚滩三教寺这种"庙非庙"的奇景。三教寺中，既没有神像，更没有香烛，这里曾经是明末清初巾帼英雄秦良玉的故居，她曾率领着僧兵收复了如今的唐山，对于皇帝的封赏，她一概谢绝，唯一的请求便是希望皇帝准许和尚可以娶妻、吃荤。在皇帝的应允下，这些僧兵虽依然保持着和尚的身份，却纷纷开戒吃荤，并娶了妻室，不过，他们对佛教的信仰从未改变，对道教学说也十分崇尚。这些和尚所在的寺庙，便成为后来的三教

古镇·深陷温柔的生活

寺。如今，三教寺的大殿也已经变成了民居。

老街牵挂着龚滩人的过去，新街则承载着龚滩人的未来。搬到新街上的居民，许多都无法抛弃旧时的回忆，有些人家甚至将从前的旧门挪到新居，虽然透光的旧门与新居极不相称，不过，他们想要留住的，是一段永远都不忍抛弃的旧日时光。

虽然称之为新街，不过依然难改古朴的本色，淳朴的龚滩人，自然有着最淳朴的民风。他们的概念中，没有奢华的物质，简单的木房子、木家具，就能带来生活的安稳。

在龚滩，似乎从没有旅游的旺季与淡季之分，大部分时间，这里只有当地的居民，镇上的客栈很少，即便是到了人人都喜欢外出游玩的季节，这里的客栈也很少能像其他古镇那样顾客盈门。相比于那些城市中的星级酒店，龚滩的客栈里没有奢华的装饰，没有五花八门的服务，有

第六章　西南往事·风花雪月浓 恍如一梦中

的只是温馨舒适的布置和店主人亲切却朴实的笑容。

因为没有浓厚的商业气息，龚滩依然保留着质朴与纯净。据客栈的老板说，即使到了长假，镇中的游人也不会拥挤。"人烟稀少"，似乎成了龚滩的特色，那些布满青苔的墙面，毫无修饰的痕迹。如果想在这里拍摄一些文艺的照片，根本无须费心取景，随便按下快门，配上刚刚好的阳光，一定会收获一张毫不做作的影像记忆。

无论徜徉在龚滩的任何一个角落，都能远远地望见乌江的身影。如果说老镇的景象酷似一幅黑白的老照片，那么色彩缤纷的新镇，就像一幅从自然中拓印出来的油画，远处翠绿的群山，如同镶嵌在江水之上的大块翡翠，山脚下的乌江缓缓流淌，却神奇般地让一切都停留在最美好的时刻。

有人说，龚滩就像悬崖上的一滴眼泪，虽孤独，却也唯美。虽然告别了昔日的繁华，但唯有龚滩自己，永远都不会忘记那纷繁的过往。来到这里的人，也许仅仅将龚滩当作生命中的一处驿站，对于龚滩来说，来往的行人又何尝不是生命中的过客。

细碎的浪花拍打着乌江的岸边，江水带来的和风，轻轻抚摸着我的脸庞。临江的吊脚楼上，挂着大红的灯笼，当夜色来临，通红的烛火映衬着天空中的点点繁星，活脱脱地将人间演绎成了仙境。

乌江沿岸的美景，足矣让我心生惬意，漫步在悠长的长廊里，迎着江风，心头的纷扰，也在乌江的夜色中被远远抛开。

龙潭·青石板的光滑记忆

穿梭在一个又一个古镇之中,总是希望时间能慢一些,再慢一些,让我好好地看一看光阴走过的每一个缝隙,慢慢地去看透古镇之中的风景。将一点一滴的美好段落凝聚成诗,独留于心。

位于重庆酉阳县东南部三十公里的龙潭古镇,是一片多民族聚居之地。两千多年前,从秦朝统一六国开始,土家族、苗族与汉族的百姓,共同在这里繁衍生息。因为镇上的两座氽水洞酷似龙眼,又常年积水成潭,于是才得了龙潭的美名。

自古以来,龙潭就是一个人杰地灵的地方,龙潭河与酉水河将这里孕育成了一处重要的商业集镇,因此,古时的龙潭,有着"小南京"的美誉。

从龙潭走出的历史名人数不胜数,赵世炎故居,开启了我的龙潭之旅。这位著名的工人运动领袖,出生在龙潭一户经商的大户人家,因为自幼受到的教育,在思想中埋下了反帝反封建的种子。父亲和哥哥对他的志气尤为鼓励,在法国读书时,他就与周恩来等人发起成立了旅欧中国少年共产党,回国之后,年仅二十五岁的他,在上海发动了一百多次罢工斗争,又组织了三次工人武装起义。可惜,因为叛徒的出卖,赵世炎被捕入狱,在狱中英勇就义。那一年,他刚刚二十六岁,就结束了短

第六章　西南往事·风花雪月浓 恍如一梦中

暂而辉煌的一生。

他在龙潭的故居，是一座清代四合院建筑，正门凸起的照壁上，画着一幅松鹤壁画，中堂上悬挂的"琴鹤世家"四个大字，与门口的壁画交相辉映。因为家境富庶，赵世炎故居自然也有着宽敞的院落和许多房间。三十二间房屋，间间小巧雅致，赵世炎曾经的卧室，就在过厅东侧，邓小平亲手书写的"赵世炎同志故居"的牌匾，就悬挂在大门的上方。房子虽老，却已被修缮一新，并非是要让古屋呈现全新的面貌，而是要让先烈的精神永远用最好的面貌去影响世人。

走出赵世炎故居，我一面向当地居民打听，一面找到了一条通往龙潭古镇的巷口。顺着巷子一直走，就能走到古镇的中心。我一直在心中勾勒着古镇的影像，直到步入古镇，才发现，它比我心目中想象的样子大了许多。

安静的龙潭古镇中，几乎没有什么游人。因为当地居民很多，所以古镇的市场中商铺林立，每家的生意都十分红火，主要是为当地居民提供着便利。

我沿着古镇的边缘缓缓走向中心，镇边上的一些建筑因为年久失修，已经呈现出残缺的模样，不过，这断壁残垣却并不让人觉得满目疮痍。古镇中的老人带着孩子在欢快地玩耍，老人的脸上，也挂着孩子般愉悦的表情，他们的笑容仿佛在残旧的院墙上投射了一道阳光，让这幅陈旧的画卷也呈现出缕缕生机。

这就是妙不可言的生命力，只要有人在这里愉快的生活，再古旧的建筑也会焕发出蓬勃的活力。

一位老爷爷坐在自家门口晒太阳，阳光打在他的身上，仿佛一张精雕细琢之后呈现的素描画像。我忍不住上前与他攀谈起来，老人虽带着浓重的重庆口音，可他讲话的内容还是可以听得清晰。我称赞他的房子有着古朴的韵味，老人却不无遗憾地告诉我，这里曾经有许多更加漂亮的建筑，可惜在中国那一场轰轰烈烈的运动之中，许多寺庙等古建筑都被无情地摧毁。

对古迹的破坏，足以值得世人为之痛心。不过，我却感谢上天将龙潭放置在了这么一个并不起眼的位置。因为距离城市较远，才让他的古朴风韵得到了完好的保存。

镇中的许多老屋已经残破不堪，可许多老者还是愿意守着旧屋不愿离开。一些房屋因为太过破旧，早已无人居住，可即便如此，那些留守在镇中的老者，宁愿让儿女住在城中，自己也要留在这片生养了自己的故乡。龙潭古镇虽不繁华，但山水之间孕育出的这片宁静，自有它丰富的文化底蕴。

第六章 西南往事·风花雪月浓 恍如一梦中

虽然进入龙潭古镇的入口有些狭窄,但一旦进入镇中,呈现在眼前的却是一派宽敞的景象。古镇的街道纵横交错,一条主街,几乎达到三四千米之长。古镇中的居民都在为自己的生活各自忙碌着,如此丰富的场景,让我想到了《清明上河图》中的画面,所谓艺术,必定是来自于生活,那些长长的竹椅和简陋的茶馆,不正在上演着古镇中每日都会上演的生活场景?

坐在竹椅上喝茶、打牌的老者们,的确已经很老很老,我猜不出他们的年纪,只看他们雪白的银发和伛偻的腰身,就知道他们承载了太多岁月的重量。因为老人畏寒,他们的身上都穿着与这个季节不相称的厚衣服,不过,每个人都用最舒服的姿势坐在椅子上,脸上挂着轻松而满足的微笑,似乎一口旱烟、一壶清茶,就已经让人生得到圆满。

从一间有着低矮屋檐的商铺中,传来了浓郁的豆腐香气,这就是龙潭最出名的美食——米豆腐,店主将做豆腐剩下的豆渣倒满一个大缸,就摆在店门口,向人们证明着生意的红火。据说,龙潭最有名的米豆腐,是肖麻子米豆腐,他做的米豆腐绵而不腻,口感滑嫩,在沸水中煮透的米豆腐,配上香辣的汁子,那浓郁而又独特的风味,足以让每一位食客都食之不忘。可惜,因为肖麻子的去世,他这门独特的工艺已经失传,虽然再也无法吃到他亲手烹制的原汁原味,不过当地的其他米豆腐店铺,也有着自己的风味与特色。

一道地方美食,也代表着一个地区的文化。龙潭正在努力发掘的一道失传"辣茶"秘方,背后也有着一段为世人称道的故事。相传在乾隆年间,来酉阳上任的首位知府,因水土不服染上咳疾,终日不断的咳

第六章　西南往事·风花雪月浓 恍如一梦中

嗷折磨得他心烦意乱，一次偶然间，突发奇想，想出一道妙方，用宜居茶、辣椒、胡椒、苏叶、薄荷熬汤，加上土家特产的阴米和炒熟的豆子趁热喝下，竟然精神百倍，渐渐痊愈。

知府将此茶命名为辣茶，知府的管家回到龙潭老家之后，将辣茶作为一种风味小吃来经营，竟然一下子成了龙潭古镇传统饮食之首。可惜，随着管家的后人渐渐稀少，辣茶的配方也终于失传。

无法品尝到如此出名的传统美食，我的心中带着些许遗憾。为了弥补失落的心情，我只好不断用双眼去发掘古镇的美景。不知不觉，来到了万寿宫的所在。经历了四百多年的风雨沧桑，万寿宫的气势依然恢宏壮丽。

最初建造万寿宫，是因为乾隆皇帝要来这里下榻。万寿宫的背后就是龙潭河，整座建筑极其讲究风水学的原理。在临近河边的地方，用石头垒起了一座十几米高的平台，在这里可以全观龙潭河对面的景致。它的整体布局寓意一个"王"字，配合着龙角、龙眼与龙鼻，呈现出一派龙入深潭、龙归大海的气势。

还未进入万寿宫，先是感受到巍然屹立在四周的封火墙，散发出逼人的气势。白底蓝字的"万寿宫"字样，镶嵌在牌楼墙上，这是皇帝御赐的匾额，三个大字由瓷器制成，来自江西景德镇。

古时的建筑，都有着高高的门槛，万寿宫的门槛由青石制成，足有一尺多高，跨过门槛，一幅巨大的"龙凤呈祥"壁画呈现在眼前，壁画中龙凤带着威严的神色，象征着不可亵渎的皇权。

一座木制戏台，搭建在上清殿的对面，正中的横梁上，雕刻着活灵活现的二龙戏宝，精美的花鸟鱼虫与神话故事，雕刻在戏台的各个部位。

御清店中的布置，则全部是为了皇帝的寝居而准备，御床、皇妃床、宫女床、侍卫床、御用的梳洗台、龙椅等一应俱全，上面雕刻的精美吉祥的图案，让每一样家具都堪称一件艺术品中的精品。

　　可惜，因为当年匪患猖獗，乾隆皇帝改变了计划，并未来到这里，不过，光绪皇帝在万寿宫举办过朝贺仪式，慈禧太后在此举办过六十大寿，也算是让万寿宫发挥了作用。

　　悠悠古镇，承载着千年古韵，一季的繁华已经过去，龙潭古镇的深处，也散落着许多美好纯真的段落，似箭的光阴在身后零落成尘埃，那些深深浅浅的故事，却值得煮一杯清茶，细细品味。

第七章

南诏古村·古寨情悠悠 边塞响驼铃

大理·一路向西去大理

最初情迷大理，是因为无数次在电影和书籍中看到了苍山和洱海的风花雪月，那一片蓝得清透的天，平静得可以融化任何烦恼的湖，鹅卵石堆砌而成的墙壁，花香弥漫的深街幽巷，轻易就能让任何人从工作的压力与生活的寂寞中解脱。

最美的时光永远在路上，通往大理的路程有些辗转，却丝毫没有影响我对恬静的苍山洱海的无限向往。我迫不及待地想要奔赴那一片古朴而又唯美的风光，想要好好地体味"生活在别处"的真正含义。

大理是一片艺术家的天堂，他们在大理可以天马行空地任意想象。大理也是行者的乐园，走在古城之中，处处可见背包的行者迈着无拘无束的脚步，为古城营造出一派自由的氛围。

每个来到大理古城的人，都会身不由己地被当地的风俗与文化所感染，许多金发碧眼的外国人，穿着云南当地的服饰，在古街上三五成群地悠然闲逛，中国传统文化与西方文化在这里自由而随性地碰撞，一不留神，就会成就一些美好的梦想。

经过大半天的车程，到了大理时已经将近黄昏，不用因为错过古城白天的样貌而感到遗憾，到了夜晚，大理的地域风情会更加浓郁，一场带有民族特色的人生百态才会正式上演。

第七章 南诏古村·古寨情悠悠 边塞响驼铃

我与太阳走向了相反的方向,它去奔赴属于它的另一场黎明,我则迎来了属于我自己的丰富夜晚。夜晚的人民路,是年轻梦想家的乌托邦,许多年轻人将兜售的商品随性地摆在地面,这只是他们谋生的一种手段,也是在通往梦想的道路上歇脚的一座驿站。

音乐是大理的灵魂,随处可见三五结伴的歌者弹着吉他、敲打着鼓点,在街边让歌声尽情释放,他们不屑于那些已经被人唱烂了的情歌,一首首原创的民谣曲调流淌在指尖,一个随性的转音,都带着专属于大理的印记。

他们只沉醉于自己的歌声之中,不会卖力地讨好观众,对于听者的鼓励,总是报以一个真心的微笑,或是诚恳的眼神。有些人的面前摆着当地的特色商品,手里却永远抱着一把与灵魂合二为一的吉他,艺术与生活,就这样巧妙地和谐共存,没有人声嘶力竭地大声叫卖,歌声就是对行人最好的吸引。

哪怕是一个小小的地摊,也要时刻彰显出自己的独特。没有华丽的招牌,一段手写的文字,就能让人读懂他们的内心。

一个留着一把大胡子的年轻人,无论装束还是神态,都带着十足的异域风情。他面前摆着当地特色的珍珠与藏饰,一段写在红纸上的文字,就立在摊位的一角,上面写着:"我的人行走在世界各地,我的灵魂在大理卖珍珠。"简单的一句话,却让人觉得他的背后一定有丰富的故事。

一对出售藏饰的小情侣,脸上已经有了明显被高原阳光晒成的古铜色。不知道他们原本就属于大理,还是因为一次不期而遇,才决定留在这里。他们同样有着高高的鼻梁和眉骨,无论男生还是女生,我都愿意用帅气来形容。他们的脸上没有急于销售的神色,淡然与平和的表情,

古镇 · 深陷温柔的生活

仿佛是在享受这样的生活。

　　一个戴着异域头饰的女孩,坐在我叫不出名字的工具旁边,一脸认真地做着手工。她面前摆着的精美挂饰,全部由她亲手制作。她的容貌告诉我,她从前一定不属于这里,也许是大理让她看到了实现梦想的希望,才让她舍弃了城市中的一切,回归纯朴的心境。

　　夜色渐浓,是该为自己找一处落脚之地。古镇上的客栈很多,似乎根本不必刻意选择,无论在哪一家留宿,都会感受一份带有大理特色的古镇风情。一夜安眠,为第二天的行走充足了电。我穿上昨晚在古街淘来的服饰,奔赴我洱海的一场约会。

第七章 南诏古村·古寨情悠悠 边塞响驼铃

洱海非海,而是一片并不算广阔的内陆湖泊,云南人喜欢把湖称之为海,我则觉得,它更像苍山脚下的一块无瑕美玉。也许是因为外形酷似耳朵,才得来了洱海的名字,据说,如果从高空向下俯瞰,会发现洱海的形状宛如一轮新月。它平静得从不翻起任何波澜,像极了云南人踏实不张扬的个性。

一辆电动车,是畅游洱海的最佳伴侣,我在洱海公园的环海路上,用最慢的速度"驰骋",微风轻轻吹起发梢,我开始想象自己是某部爱情电影的主角,期待着在碧空之下的一湖碧水旁,来一场浪漫的邂逅。

许多古镇都围着洱海而建,这片平静的水,似乎怎么看都看不够。无论从任何一个角度观赏,它都有独到的可爱之处,难怪那么多来过这里的人,都选择留下来,因为静静地守在洱海身旁,就可以躲避世事的纷扰,只静静地享受它的温柔。

一些叫不出名字的树木,将一半的树干贪婪地插在水里,尽情地享受着洱海的滋养。几艘稍显破旧的铁皮船,静静停靠在岸边,仿佛是为了营造出一种古朴而怀旧的画风。深深吸一口洱海边的空气,能够闻到从不远处的农田中传来的清新味道,不知道这是不是海子所说的"面朝大海,春暖花开",如果真的能够抛开一切,在这里停留,此生也可堪称圆满。

沿着洱海边一路骑行,苍山也在一路相随,它伟岸的身形在清澈的阳光下尽情舒展着线条,白云像哈达一样挂在半山腰,我想象着,苍山与洱海一定是一对不离不弃的恋人,虽不会言语,却用默默地相伴相随演绎着山盟海誓。

碧水、蓝天、白云、花草、树木、飞鸟,任何一个都是大自然最唯美的恩赐。它们在我的面前穿梭而过,让我的一颗心为之深深沉醉,灵

235

魂仿佛已经抛开了躯壳,在清澈如镜的洱海上方自由飘荡,仿佛即将飞往宽厚的苍山。

我随着其他骑行的游人一路骑向喜洲镇,因为有苍山洱海的陪伴,并不觉得旅程有多么漫长。来到大理的人,总是不会忘记到双廊去眺望一下洱海的景致,却很少有人知道喜洲镇这么一个地方。

我居住的那家客栈老板极力推荐我到喜洲镇走一走,那里是一片保存比较完善的白族聚落。临行前,客栈老板再三提醒我,真正的喜洲古镇是不收费的,沿着收费的新建喜洲镇继续向前走,才能欣赏到原汁原味的白族建筑。

牢记着客栈老板的叮咛,我终于踏上了喜洲古镇的石板路。原来这里才是大理文化的发源地,这里遗留着大片精美的白族建筑群,吸引着我不由自主地前去探访。

许多古宅直接由黄泥堆砌而成,那些有着百年历史的古宅,有些屋顶上已经长满了杂草。据说,过去只有有钱人家才住得起这样的房子。我迈着悠闲的脚步在镇上任意闲逛,说不定会一脚踏入一片惊喜。

原生态的白族古镇,处处都带着安静而又神秘的氛围。我一下子就喜欢上了这里的水墨情调,哪怕花上再多时间在这里细细品味也是值得。当我驻足在某户民宅向里面观望时,热心的白族老奶奶还会操着我听不懂的方言,示意我可以进去看一看。他们从不觉得这是对生活的打扰,反而因为有人喜欢他们的家而感到骄傲。

老人的家是典型的白族建筑,光看外观,与徽州的古建筑有些相似,黛瓦白墙,配上四角微微翘起的屋檐,不同的是,房子上雕刻的图案和房中的装饰,带着截然不同的白族风情。蓝天、白云、稻田和野花,将一座古屋衬托出世外桃源般的味道。

第七章　南诏古村·古寨情悠悠 边塞响驼铃

　　走到这里，我的大理之行已经圆满。无须再去被人工开发过的双廊，即便从那里能够见到洱海最美的模样，却似乎也被浓厚的商业气息熏染得变了味道。我在喜洲古镇找到一处茶馆，端起一杯当地特色的"风花雪月"茶，闻起来是玫瑰的香气，喝起来却是桂花的味道。一丝丝甘甜在舌尖回荡，就像大理留给我的不矫揉不造作的真实印象。

沙溪·茶马古道上的铃声响起

茶马古道的驼铃仿佛还在南诏古镇中渐次回荡，时间的悄然流转，已让沙溪的生活平淡了百年。那里的日子虽不如烟花般绚烂，却也在简单的忙碌中收获了真实的韵味。

古时的沙溪，真的如歌中唱的那样，没有电灯电话，出行只有骡马，为远行的人送行时，亲朋好友会全部出动，用真诚的话语，为一路的远行送去温暖。

富饶的沙溪，仿佛更靠近天堂，没有什么能轻易打乱那里的平静。生活在那里的人，从古时起，翻山越岭，用足印走出了一条茶马古道，将沙溪盛产的茶叶、盐巴、皮革、织物运送到了山的另一边，甚至东南亚等更远的地方。

运送货物的马帮，走出了市集的繁华，人们聚集在这里购物、交易，简单且热闹的生活，每隔一段时间，就会在沙溪的集市中上演。我不知道沙溪从何时就已经存在，只知道马蹄声声与驼铃阵阵，已在茶马古道的上空回荡了千年。

一条条现代化的公路与桥梁，让通往沙溪的旅程毫无颠簸，然而正是这些畅通无阻的公路与桥梁，让人们无须再骑着骡马翻山越岭地运送货物，远方的人，也无须再专程赶到沙溪来进行交易。于是，沙溪曾经

第七章 南诏古村·古寨情悠悠 边塞响驼铃

的喧闹渐渐变得平静，青石板上再也不会传来马蹄踏出的节奏，天空中再也不会传来马鞭挥响的清脆，终日在马背上讨生活的马帮，也重新回到家中，伴随着沙溪的日升月落，在炊烟袅袅中，回归平淡的生活。

　　沙溪本身就是一座活的历史，茶马古道的样貌，在这里得到了最真实的保存。一入沙溪，面前完整无缺的古寺庙、古宅、古桥、古街道，无一不让我为之震惊，这里一直被作为古迹完好的保存，我不禁庆幸，没有错过沙溪最纯朴的模样，几千年来的繁华与寂静，让这里的一草一木都蕴含着动人的故事，只要走进沙溪，那里的风就会将一段段往事向你娓娓道来。

　　我以为如今的古镇虽然保存着古老的样貌，却一定会有诸多旅馆和客栈供游人住宿。可沙溪超乎了我想象，主镇上的客栈并不多，其中一些是经过修缮的古建筑，流露出浓郁的民族风情和淡淡的文艺氛围。

不得不说，沙溪的客栈中，萦绕着浓浓的人情味，无论是否选择在某家客栈居住，老板都会极其热情地帮助我指点行程，我并没有过多对比，只是凭借直觉的好感选择了一间客栈，却意外收获了一份如同家人般亲切的待遇。

客栈的老板与儿子一同经营着这间小店，据说，只要在镇中提到他们的名字，立刻就会引来一片称赞之声。的确，父子二人的脾气都十分随和，对于客人的一切要求，都会尽量无条件满足，从来不会因为一点小小的要求就把金钱摆在台面上，至于三餐，二三十元就足够我美美地吃上一顿。

还未开始游览，我就已经爱上了这座古镇，是怎样至纯至美的一片山水，才能养育出如此纯朴善良的人？

第七章 南诏古村·古寨情悠悠 边塞响驼铃

既然来到茶马古道,就要去探访那里最古老的韵味。据说,沙溪的马坪关,直到四年前才第一次通了电,那里仅有的四十多户人家,直到那时才第一次体会到电灯的便利,虽然去往马坪关要翻越几座山,但我还是毅然决然地选择了徒步走向那里。

沿途尽是红土路,向导告诉我们还算幸运,如果赶上雨天,这一地的红土就会变成红色的泥泞,即便是惯于爬山的人,也会被遍地红泥阻挡住脚步。

在登山的路上,偶遇牵着骡马拉货的行人,我不禁感叹,原来直到如今,茶马古道还在发挥着它的作用。

一路攀爬几乎消耗了全部体力,虽然已经汗流浃背,可是当从山顶向下俯瞰,沙溪的几个村落尽收眼底,一瞬间忽然觉得所有的辛苦没有

白费，那极致的风景值得我的脚步一再地攀登。

　　隗兴阁的戏台比沙溪镇中的戏台还要古老，虽然那些鲜艳的戏服已经使用了六百多年，但没到过年和二月初八太子会，当地人依然会穿着戏服，站在破败不堪的戏台上一连唱上几天。

　　来到沙溪将近两天，才第一次与古镇来了一次亲密接触。四方街是沙溪的灵魂与核心，街上的行人并不多，街上有着几百岁的古树，每到秋意渐浓，古树的叶片还会跌落一地繁华。头顶的蓝天白云，一定与千年之前没有任何区别。街上的青石，已在光阴的抚摸下变得圆润，我选择了一块青石当作石凳，想知道这样是否能够聆听到灵魂深处传来的声音。

　　远处的塔座和冲天高的竹竿，是古时彻夜不熄的火把灯塔，当年那代表着光明的火焰，指引了多少从远方归来的行人。

　　古朴醇厚的四方街上，流水顽皮地流过小巷，土制的房子还保留着曾经的模样，没有任何现代化的建筑来破坏那里的氛围。两旁古旧的商铺悄悄矗立在巷道两旁，扑面而来的是古时浓厚的商业气息。每一间店铺都有着伸出来的柜台，柜台上方用来售货，下方则用来存储。

　　当年的马帮，曾经浩浩荡荡地穿越四方街，为繁华的古街增添厚重的气势。流水声在耳畔潺潺作响，眼前就是斑驳的老宅和泥墙。古老的沧桑留在脚下青石板的缝隙中，我不由得放慢了脚步，生怕脚步发出的声响，打扰了古街的沉静。

　　每隔三天，四方街上就会有一次热闹的集市，人们将集市叫作"街天"，每到这一天，周边村镇的人们都会从四面八方来到这里，来选购生活所需的用品。直到如今，沙溪的集市依然是附近最大的牲畜交易市场。

第七章 南诏古村·古寨情悠悠 边塞响驼铃

　　坐落在四方街的兴教寺，建于明代永乐年间，如今，是国内仅存的明代白族"阿托力"佛教寺院，寺内的壁画，已经有着六百年的历史，可惜，虽然尽力保管，岁月的侵蚀依然让壁画变得斑驳，只能从图片上才能看清它原来的样子。

　　人们都说，兴教寺是中国建筑史上的一道奇迹。支撑着寺庙的柱子与房梁，历经六百年风雨，依然稳固如初，就连寺门口的古树，也在骄傲地见证着时间的流逝。

　　许多被过度商业化的城镇中，就连寺庙都丧失了神圣的韵味。而三教寺却是一座无比清净的寺庙，没有游人造成的喧嚣，没有那些为了凑热闹而缭绕的香烛，更没有求签卖符的商人，寺中就连和尚都很难见到，这样的寺庙，才堪称一处洁净的化身，它丝毫不沾染红尘俗世的尘埃，就这样安静地立于尘世的一隅，默默地记录着人间的善良与邪恶。

　　古戏台用它的特色映衬着兴教寺的沉寂，它就位于兴教寺的对面，

也位于四方街的中心，居中的位置，代表着它在沙溪人心中的重要，每一个沙溪人，都将登上古戏台表演，当作自身的荣耀。它见证着沙溪古镇千年的兴衰沉浮，也将自身凝练成一份记忆的存在。

　　行走的脚步在黄昏踏上归程，又在另一个清晨重新出发。我特意起了个早，想要见一见黑潓江上的玉津桥在清晨的模样。

　　玉津桥的素净与清新，远远地召唤着我的目光。它仿佛真的是一位从清晨中刚刚起床的小姑娘，毫无粉黛修饰。它并不单纯只是一座冰冷的建筑，而是一位有智慧的生灵，身处在一片田园风光之中。

　　这是一个美丽的清晨，晨曦在黑潓江上笼罩出温暖的鲜亮。马帮的马铃声已经彻底远去，远古的气息却依然从远处山雾缭绕的山峰背后喷薄而出。这样纯粹的宁静已经很难找寻，我想，桥上被踩得凹凸不平的石板也和我一样，在年复一年的光阴中，默默感受着人间的欣喜与悲伤。

建水·文献名邦

彩云之南的清风,似乎可以修性养心,我踏着静好时光中的细碎光阴,又来到了文献名邦建水古城。温暖的阳光在身上晒出阵阵暖意,我伸出双手,想要拥抱住从清风中传来的一缕爱意。

初次听到建水的名字,还以为是在水上建立起的一座小城,直到看到"高屋建瓴"这个成语,才知道"建"竟然也有"倒"的意思。原来,高山环抱的建水,上游连着玉龙湖,每到雨季,从四周高山上直冲而下的大水,齐刷刷扑向建水,真的像从高处将水倾倒入古城之中。

还未进入建水古城,我先来到了距离建水还有二十余公里的燕子洞。光是听说它的名字,就知道这里一定有许多燕子居住在洞中。我以为这里只是一片居住着燕子的峭壁,却没想到洞外竟然桃李缤纷,俨然一派世外桃源般的人间美景。

洞中的凉爽让我忘记了洞外正是炎夏,据说,到了冬天,洞中的温度又会变成天然的温暖。难怪燕子将这里当作最佳居所,洞中的石笋、石柱和钟乳石,都是燕子家中天然的"装饰"。

巨大的溶洞无比宽敞,人工装饰出的彩灯,将燕子洞映照得仿佛仙境。向导说,燕子洞中的燕子来自马来西亚,每年,近十万只燕子都会不远万里来到洞中栖息。因为有众多燕子居住,这里自然也就盛产名贵

古镇·深陷温柔的生活

的燕窝,采燕窝的人,会徒手攀上岩壁采摘,每一个动作,都危险得惊心动魄。

　　带着对建水的无限向往,一离开燕子洞,我就迫不及待地继续赶往古城。许多年前,庐江河与塌冲河在建水汇合,因为有着浩荡的河水,才有了飞跨河面的十七孔桥。如今,虽然河水已经不再汹涌,可那座被人们称为"双龙桥"的十七孔桥,依然执着地站在原地,期盼着有朝一日,奔腾的河水能够再次引吭高歌。

　　建水的天空,蓝得深邃,比起清透如水的蓝天,仿佛更多了一分高贵。天蓝得越深,十七孔桥上的青石板则显得越白,桥边的古树在尽情舒展着虬枝,俯身看向桥下,水中倒映着十七孔桥清晰的身影。

　　听说,当年在建水交汇的两条河,汹涌的河水吞噬过许多人的生命。如今,水面却变得宁静而安详,让人几乎忘记了它们当初凶恶的样子。

第七章　南诏古村·古寨情悠悠 边塞响驼铃

因为坐拥两条河水,建水人从不会因为用水而发愁。城中遍布着各式各样的水井,供城中的居民取用。有些大户人家干脆在自家院中开凿出水井单独使用,古城中年岁最大的居民,也记不清这些井从何时就已经存在,光是看到井栏上已经被井绳磨出了深深的痕迹,就知道这些井的年纪已经好大好大。

井水供养着古城中所有的生命,居民们用井水洗菜做饭,还会将打来的井水给牲畜饮用,每一口井,都是一处最佳的聚点,无论大人还是孩子,都喜欢在闲来无事时聚在井边聊天、玩耍。

一口井,就会折射出一段历史,建水的井,似乎每一口都有不同的水质,有的甘甜,有的苦涩。那些甘甜的井水,最适合用来做食物和泡茶,而那些苦涩的井水,只能用来洗涤。有一户人家因为在古时出了一

位状元，于是他家中的井就被称为状元井，只要是家中有学子应考，家人一定会来到这口井中取水给学子饮用，为的是取一个美好的寓意。

不过，建水最出名的还是西门的井水，有些茶馆和人家还专门要花钱购买西门的水来饮用。因此，推着两轮车，一车一车往县城中送水的人，也成为建水城中的一道风景。

有些古井的年纪，已经和建水古城的年纪一样大，在共用的水井中，人们还会养上几条小鱼，过去是为了防止有人投毒，如今是为了防止井水变质。那些自在游玩的小鱼，守护着建水人的生命，如果有哪个调皮的小孩子想要捞出小鱼玩耍，一定会遭到长辈的呵斥。

一座建于元代的文庙，在建水古城中守望了七百多年，除了山东曲阜的文庙，再没有任何一间文庙比得上这里的规格。

五十多次的修缮，让建水文庙的每一处景致都得到了完好的保存，这座占地7.6万平方米的建筑，光是纵深就达到了625米。古老的文化传统在文庙中得到了良好的传承，每到暑假，文庙中还会举办国学讲堂和成人礼，将中国文化的精髓植入孩子们的心中。

一尊孔夫子的雕像屹立在文庙中央，旁边一片开满了荷花的湖水，映衬着孔夫子素雅的心境。各个朝代的碑文矗立在文庙之中，在这里漫步，可以慢慢品味孔子儒家文化的精髓。整座文庙，给人庄严肃穆之感。据说，自从文庙建成之后，从这里开科取士中举的人，占了云南的一半之多，因此，建水文庙自然就成了滇南的最高学府，难怪如今准备高考的学子，都要到文庙中参拜，祈求考上一所理想的大学，获取一份美好的前程。

不知道是不是为了"文武双全"的美好寓意，紧靠着文庙的学海，就是武庙街，因为街上有一座供奉着关羽的武庙，才因此得名。

可惜，武庙的地位似乎比不上文庙，自从中华人民共和国成立后，这里就变成了一家木器厂。透过大门，依稀还能看到里面的大殿，精致的飞檐和斗拱，也在无声地诉说着武庙当年的气派。

每一处古老的景致，都值得人们去珍惜，因为，这些曾经以为不经意遇到的场景，都会变成漫漫人生旅途中的美好回忆。

因为建水出了一个杨桂林，所以有了一条"桂林街"，相传，杨桂林生于乾隆年间，一生为官清廉，在他为官的地方留下了许多政绩。当他以73岁高龄还乡之时，已是四品官的职位。

一座崇文塔，就坐落在桂林街上。建水的每一座古老建筑，都蕴含着一段古老的故事，崇文塔也不例外，按照建水的习俗，过年时一定要摸一摸崇文塔，祈求一年的吉祥。所谓"崇文"，就是"崇尚文化"，这座十七层的实心砖塔，从外观上看是正方形，越往上，越渐渐收拢，塔的四面各有一座佛龛，据说每座佛龛里都曾经有一尊佛像，如今却空空如也，只能听到顶层的风铃，伴随着清风发出清脆的铃音。

崇文塔本来属于建水白马寺，后来因为白马寺的院墙倒塌，崇文塔就被归为与白马寺只有一墙之隔的玉皇阁，看来建水真的无愧于文化名邦的头衔，如此近的距离之内，就同时建立着一寺一阁。

始建于元代的玉皇阁，曾经被历史的风云摧毁，直到清代道光年间才再次重建，庙前的石碑上，刻着玉皇阁的介绍，这座三进四殿的建筑，如今只剩下了前殿、后殿、北厢和崇文塔，斑驳的大门上，刻着"尊无极"三个大字，不知是不是由曾经悬挂在大殿中"至尊无极"的牌匾改制而成，如果真的是这样，那么光是一扇破旧的木门，都凝结着厚重的历史。

走出玉皇阁，我踏上了建水的古街，干净的街面上，处处可见生

命力旺盛的植物，鲜艳的小花在一户人家的屋顶开出绚烂的模样，不知道这座土坯制成的房子有着多少年的历史，一旁一户有着精致门楼的房子，显然一直与这座土坯房共存。

古时候，大户人家的房子前面，都会摆放一对"门当"，如果是方形，代表这户是读书人家，如果是圆形，则代表是行伍世家。如今，门当犹在，却再也无法代表屋主人的身份，一对对门当，在时光深处滋养出一抹恬淡，用洒脱的姿态，笑看过往的风云。

在建水的蓝天白云下行走，一颗心慢慢回归了质朴的本性，也许这就是文人口中的修身养性，红尘的纷扰在这里被层层涤荡，剩下的只是最简单的云淡风轻。

石屏·彝家的欢歌

我与时光一同踏着轻盈的脚步,流转于滇南的小镇之中。短暂的人生中,错过的美景实在太多太多,于是,我更加无法停下跋涉的步伐,想要用更完美的收获,去弥补那些因为错过而衍生的失落。

有人说,石屏就像一块被人遗忘的璞玉,有着从未被骚扰过的本真,一下子来到这样一个毫无人工雕琢色彩的地方,我仿佛真的见到一块天然的宝物一样,无法掩饰心中的窃喜。

古时的石屏,是一处少数民族的聚居地,十几个民族在这里和平共处,其中又以彝族居民的数量最多。石屏是一座名副其实的高原山区县,并不算广阔的面积中,九成都是山地。大山养育出山中的民族,彝家的欢歌,总在某个不经意的时刻,从某座大山的背后飘荡而来。

那时候,石屏还叫作"旧欣",翻译成彝族的语言,意思就是"居住在山麓林水边的民族"。这个名字无比贴切地描述出了石屏人当年的生活状态。我本以为,古时候生活在深山中的少数民族,一定会因为闭塞的生活环境而有着教育的缺失。当看到从元代起就已经存在的书院、私塾、义学,我不禁为自己的无知而感到惭愧。

谁说隐藏在深山中的民族就一定闭塞?石屏的上百处文化建筑,不正说明了这里有着深厚的文化根基?据说,古时候的石屏,是一座空

第七章　南诏古村·古寨情悠悠 边塞响驼铃

气中都洋溢着纸墨香气的地方,"五步三进士,对门两翰林,举人满街走,秀才家家有",正是当年石屏盛产文人的真实写照。就连云南省唯一的状元,也出自这里。

岁月已经让许多古建筑变得斑驳不堪,但透过依然残存的部分,依然可以看出,它们曾经分别是太史、进士、将军的府邸。残缺的建筑,却依然彰显着石屏曾经的辉煌,就连那些已经消失不见的古城墙,也从不甘心就此被世人遗忘。它将不朽的灵魂倾注到了仅存的南城门中,触摸着城门斑驳的墙壁,眼前仿佛还能如同电影镜头一般,浮现出当年石屏繁盛的景象。

石屏古城中,明清时期的古老建筑随处可见,无论是民居或是县衙、文庙,清一色的中式古建筑,构成了一条条写满了旧时故事的小巷。然而,在这些中式建筑中,一座带有法国风情的火车站矗立其中,虽显得格格不入，却也成了石屏古城中一处别具一格的点缀。

石屏的铁路是我见过最狭窄的铁路，当初设计它的法国设计师认为，县城之间局部的运输，用这种六百毫米的轨道便已经足矣，与世界通用的铁轨宽度相比，这样的宽度，只能称之为"寸轨"。因为"寸轨"的限制，铁轨上只能供世界上最小的蒸汽小火车通行，火车的速度竟然比汽车还慢了一大截，想必，这也是云南小镇中一项独有的特色吧。

可是，正是这条狭窄的铁路，却改变了山路崎岖的滇南地区，只能靠人驮马背运输货物的历史。八百多公里的铁轨，如同一条轻盈的飘带，在山地上盘旋飞舞，冒着白烟的小火车，在铁轨之上徐徐向前。这是多么浪漫的一幅画面，可惜，那些蒸汽小火车如今已经废弃，它们小巧而可爱的身影，只能被写入历史，供后人纪念。

第七章　南诏古村·古寨情悠悠 边塞响驼铃

中国人向来讲究风水，就连石屏这座少数民族聚居的小城，都有着严格按照风水学说建设起的古街。石屏古城的结构南北狭、东西长，就像一个椭圆形的龟背模样。乌龟的头朝向东方，直到海日门，乌龟的尾巴朝向西方，直到宝秀门，古城中的大街小巷就像龟背上的裂纹，将整座石屏古城划分成了十几个大小不一的裂片。

据说，石屏古城的格局，隐含了八卦九宫阵图在其中。已经无从知道这一说法的真伪，不如就当作一个古老的传说，偶尔想起，在脑海中意味悠长地揣摩。

刚刚下过的一场小雨，在石屏古街的青石板路上镀了一层闪亮的光泽，太阳再次从天际露头，在家中躲雨的人们再一次纷纷走出家门，各自为了生活而忙碌。年轻的母亲背着出生不久的婴儿在小巷中散步，包

裹着婴儿的小被子上,绣着好看的民族花纹,母亲一颠一颠的脚步,似乎让他感到无比的快乐,洋溢着笑容的小脸上,是从成人的脸上再也找寻不到的简单的满足。

穿着民族服饰的老妇人刚刚从古井中打水归来,拎着满满的水桶匆忙走向家的方向,也许是到了洗菜做饭的时间,她急着赶回家为家人烹饪出一桌美味的菜肴。头上的民族头饰已经无法掩饰她花白的头发,可是她匆忙的脚步声,却踏出了生活中最动人的节奏。

彝族、哈尼族、傣族、回族等多个少数民族在石屏聚居,上天给了这里崎岖难走的山路,也赏赐了舒适宜人的气候。石屏的气候,冬天不用开暖炉,夏天不用扇扇子,虽然群山环绕,却也河流纵横。人类生存的秘诀是靠山吃山,靠水吃水,石屏这个有山有水的地方,竟然成了深山之中的一处鱼米之乡。

古街上,出售小吃的店面众多,如果不看标签,我无法叫出任何一种小吃的名字:那刀辣、干巴菌、棱罗茶……看上去,每一种小吃都有着无穷的美味。一些销售青菜和水果的商贩,挑着单子沿着弯曲的石板小路边走边叫卖,一颠一颠的扁担,荡出的是人生的缩影。

傍晚的余晖撒在古城的民居之上,为那些破旧的建筑重新涂抹上一层妖娆。夕阳在洒下仅有的一丝余晖之后,很快便消失在天际,夜晚的古城亮起了昏黄的路灯,反射在青石板路上,发射出一种金色与银色掺杂的光泽。

星空下的古城,更显出一抹神秘的韵味,斑驳的墙面,在夜色中显得更加沧桑。那些路灯顾及不到的小巷中,只能看到一抹漆黑,然而从屋中传来的温柔声调,让人忘记了恐惧。无论大人还是孩子,都在暮色来临时赶往家的方向,我同样需要一夜休整,再去寻找记忆中的彝族花

第七章 南诏古村·古寨情悠悠 边塞响驼铃

腰新娘。

一部名为《花腰新娘》的电影,让我记住了彝族姑娘泼辣且活泼的个性,也第一次让我见识到了彝族独特的烟盒舞、海菜腔、尼苏歌舞和舞龙等多姿多彩的民族风情。彝族人民总是穿着色彩鲜艳的服饰,腰上的一条绣花腰带,为他们换来了"花腰彝"的美名。

据说,彝族的服饰无比讲究做工,一件衣服,往往涵盖了刺绣、挑花、散花、按花、扣花、穿花、堆花、贴布、勾边等多种工艺,即便是一个心灵手巧的彝族姑娘,做出一套美丽的彝族服饰,也要花上三四年的时间。

为了掌握这些工艺,彝族的女孩子从七八岁开始就要学习刺绣,直到十四五岁,才能独立制作出美丽的彝族服饰。做好的衣服,堪称巧夺天工,如此精美的一件艺术品,如果是我,一定舍不得穿,无论如何也要放在最安全的地方好好保存。

  一大早,我追寻着电影的足迹,来到拍摄《花腰新娘》的拍摄地——古风犹存的郑营村,这里距离石屏并不远,据说,这里曾经是一个独立的小城,四周有城墙保卫,四面各有一道城门,城中还有炮台。如今,这些已经全部淹没在历史的洪流之中,仅剩下村中大姓的宗祠,以及三街九巷的古老格局。

  探访彝族聚落的脚步一旦开始,就无法停下,我顺着影片中的镜头又来到异龙湖,一座位于石屏古城东郊的淡水湖泊。因为这里秀美的风景,人们将异龙湖称作"第二西湖",如果将它的名字翻译成彝族的语言,意思就是"龙吐口水形成的湖"。

  湖边的绿树,掩映着湖中的碧波,湖面上分布着点点渔船,偶尔传来一声彝族海菜腔,嘹亮的歌喉轻易就能俘获我的魂魄。怪不得彝族的谚语中说:"歌多多不过彝家,跳舞扭不过彝家,天上的星星能数尽,彝家的歌舞数不完,要问彝家歌舞有多少?请用海斗量一量。"

  彝族的青年男女在谈情说爱时,就会唱起动听的山歌,婉转动人的歌声,仿佛可以将每一个季节照亮。的确,什么样的心情都无法阻止时光的脚步,那么不如将每一天都过得如同歌声般动人,就算留不住绚丽的繁华,至少在这个辉煌而美丽的世界中,轰轰烈烈地走过。

坝美·森林中的世外桃源

陶渊明在《桃花源记》中曾经写道:"林尽水源,便得一山。山有小口,仿佛若有光;便舍船,从口入。初极狭,才通人。复行数十步,豁然开朗。"

一处本应只在古诗文中出现的奇景,却在现实中得到了复刻。那就是云南的坝美,一片森林中的世外桃源。

坝美的奇特之处就在于,无论入村还是出村,都必须穿过一座巨大的石洞,坝美的名字,翻译成壮族语言,意思就是"森林中的洞口"。除了从山洞中摸着岩壁淌水进出之外,再没有任何公路通往村中。

现代文明似乎忘记了这片隐藏在山洞之后的古老村落,三百年前的耕作方式,在坝美依然沿用至今。点灯在坝美完全绝迹,为了照明,村中的壮族居民会点燃沼气,代替点灯。如果想要做饭,就会点燃柴火,就连身上穿着的衣服,都是用自己种的棉花或者自己纺织的布料来制成。

听上去,这的确是现实世界里的一片世外桃源,我沿着潺潺的溪水溯流而上,果然看到一座状如笔形的石山,在山的腹部开出了一个巨大的石洞,这里就是巴梅村的入口。从外面向洞中望去,黑暗的洞中只能隐约看到无数的石柱悬挂在洞顶,从洞中流出的溪水形成了一座小型的

古镇·深陷温柔的生活

瀑布,燕子将山洞当成了乐园,成群结队在此嬉戏、盘旋。

我坐上一艘小船,顺着溪水晃晃悠悠地漂入洞中,一旦进入山洞,洞外的一切声音与影像便彻底从耳边和眼前消失,只剩下燕子偶尔在耳畔啁啾,当最后一丝光线在身后消失,山洞中的黑暗彻底将我吞没。

这个山洞就仿佛一条通往另一个时空的隧道,当眼前重新出现一丝光亮,一架古老的水车在视线中逐渐清晰。当我的双眼重新对光明感到适应,一个古老的神秘村落便正式呈现在面前。

这一刹那,我几乎忘记了今夕是何年,只能看到穿着壮族服饰的少女在吱呀作响的水车旁汲水,看不到现代化的器具,更没有城市中随处可见的汽车,人们身上的衣服与所谓的时尚无关,只遵从着自己的喜好,制作出好看的模样。

第七章　南诏古村·古寨情悠悠 边塞响驼铃

坝美的景致，符合我对古时候任何一个朝代的想象，我还没来得及从惊讶中缓过神，身下的小船就已经缓缓靠近了岸边。我走下小船，拾级上岸，眼前的景象竟然在一瞬间豁然开朗。一片广阔的田野中，坝美的居民正在田中劳作，古老的村屋就掩映在翠竹和桃林的深处。一条江水呈现出淡蓝色，那就是坝美著名的驮娘江。

关于驮娘江的由来，有一段饱含着亲情的传说。相传，古时的滇南一带战争频发，一个十六七岁的少年，为了躲避战乱，将母亲挑在箩筐中逃荒。来到坝美之后，发现无路可走，只剩下一条湍急且混浊的江流横亘在面前。母亲不忍心儿子受苦，想要跳江自尽，可儿子无论如何要背着母亲过河。正在两人争执之时，一位美丽的壮族姑娘驾着猪槽船来到面前，将母子摆渡到了江对岸。当母子过江之后，江流瞬间变得清澈，于是，人们将这条江称作"驮娘江"，尊老敬老、扶助弱者的精神，顺着江水流入每个坝美人的心田。

进入坝美，眼前呈现的是一派草木繁盛的绿意，翠色的山峦在远处起伏，吸一口没有一丝杂质的空气，一路旅程的劳顿，在一瞬间消失殆尽。

在田地与民居之间，连接着一条狭长的田间小径，河道上修建的一座风雨桥，方便了村民过河放牧和耕种。村子的中心，有一座小岛，当地人将其称为"桃花岛"，仿佛是为了映衬这个美丽的名字，岛上建立起一座花园，为本就美丽的坝美更增添了一抹亮色。

坝美的村民，无论大人还是小孩，全部穿着壮族特有的服饰，现代社会的审美，对这里没有造成丝毫的影响。传说中，坝美人的祖先是为了躲避战乱，才来到这片美丽的土地，为了再也不必遭受战争的摧残，从此过起了封闭隐居的生活。坝美人的生活方式从古时一直延续到今

天，男耕女织的生活，平静且安逸，除了到村外采购生活必备的盐巴之外，坝美人根本无须再与外界产生任何交集。

美丽的坝美小村，就建立在一处山坡之上，我沿着一条弯曲的篱笆小路缓缓向村落走去，惊喜地发现，许多民居竟然直接盖在了一棵棵巨大的榕树下面。村中有许多年岁极大的古榕树，据说，年纪最大的榕树，已经有了千岁高龄。盘根错节的树根已经裸露在地面上，不过，这丝毫不影响村民在树下聚集、纳凉。

坝美的母亲河，在桃花岛的地方被分成了两条支流，百米之后再重新合流，当地的村民将这两条支流叫作"男人河"和"女人河"，村中的男人洗澡要到"男人河"，女人洗澡要到"女人河"，一座桃花岛成了天然的隔断，保护着男女村民洗澡时的隐私。

据说，村中的孩童只要学会了走路，大人便很少再去看管，任由他们在村中自由玩耍。村中的村民几乎户户相熟，绝不会出现孩子走失的情况，如果孩子在玩耍中遇到什么危险，也一定会有村中的成年人出面帮助。

听到这样的说法，我本来将信将疑，直到看到几个四五岁左右的孩子结伴在水边玩耍，旁边竟然没有一个成年人看管，我才真正相信。孩子们自己脱掉衣服，进入河中戏水，这里的孩子仿佛生来就会游泳，看到他们在水中自由自在的样子，让我这样一个不懂水性的"旱鸭子"自叹不如。

孩子们的眼神天真而又纯净，玩到开心处，他们的口中还会哼出动听的山歌。他们从来不知道外面的世界是什么样子，可正因为心中没有半点杂质，才能体会到最单纯的快乐。

村中的成年人都在为了生活各自忙碌，男人们在田地里耕作，女

第七章　南诏古村·古寨情悠悠 边塞响驼铃

人们在河边洗菜、洗衣服，村民们用竹子搭起了一座"洗衣台"，从自家门口一直延伸到河中，女人们在台子上洗衣、洗菜，可以节省不少力气。

都说坝美最美的时刻是清晨，在村中的客栈中小住了一夜之后，第二天一早，天刚蒙蒙亮，我就迫不及待地打开了房中的窗户。远处的山峦被大片的薄雾笼罩，整个坝美古村，呈现出一派静谧的田园风光。

因为时间尚早，就连勤劳的村民也还没有起床，草木和庄稼上还挂着清晨的露珠，水气萦绕在一片绿意之上，既像仙境，又像童话世界中的绿野仙踪。

不远处的一座山，是坝美人眼中的风水宝地，人们将它叫作轿子山，也叫作"神山"，壮族的居民，每年都要在这座山上举行祭祀活动，这座"神山"，又为坝美的田园画卷中增添了一抹神话色彩。

薄雾随着太阳的升起渐渐散去，天空的蓝色逐渐加深，似乎一天中的不同时刻，坝美都会变化成不同的模样。阳光是坝美人起床的信号，村中的炊烟随着太阳升起，出门放牧的村民也即将开始一天的劳作。

即将到了与坝美分别的时刻，我想，我一定还会回到这片世外桃源，因为这一次，我错过了桃花盛开，下一次，我一定会带着满心期待，看一看桃花掩映之下的坝美，将变成出怎样的一片人间仙境。

后记
POSTSCRIPT

在古镇行走的日子，似乎让我忘记了时间的流逝。漫长的旅程，仿佛在倏忽间就已经过去。与每一座古镇的邂逅，都能让我感受到不同的心境。"宁静"，似乎是每一座古镇的符号，然而，宁静在不同的古镇之中，又被区分成很多种。诸葛八卦村的宁静，蕴含着古人的智慧；皇城相府的宁静，蕴含着历史的沧桑；而坝美古村的宁静，则宛如一片天然的仙境……

江南古镇，细腻而婉约；岭南古镇，原始且神秘；湘黔古镇，古朴且唯美；徽州古镇，静默且温润；北方古镇，大气而磅礴；西南古镇，浓郁且壮美；南诏古镇，充满异域风情，且不食人间烟火。

旅途中遇到的每一个人，发生的每一件事，都成为记忆深处的一件藏品，徜徉在古镇的亭台楼榭之中，仿佛能够更加贴近与光阴的距离，感受时光的手在我的身上轻轻地抚摸。

在生命的旅途之中跋涉，唯有一次又一次的旅行，能够拓宽我眼前的视野，有时候，误以为面前呈现的是一派美景，可是在见到这些与历史共存的古镇之后，才发现那些所谓的美景即便舍弃，也毫不可惜。

在一座座古镇面前，我的双眼和心灵无法停止地不断寻找，寻找出隐藏在静谧之中的绚烂和丰盈。于是，它们在心中又刻画了一抹甜蜜。如果说古镇之行是一场美丽的梦，那么梦醒之后，我将会用更加恬淡与洒脱的心境，去重新面对现实中的世界。